人间太多恩怨，何如以猫为伴。
共度区区一生，省去多少麻烦。

致父親

己亥春
老树

江湖四处闯荡，很少想起父亲。有他或者没他，似乎不必关心。

一日忽然惊觉，父亲已是老人。看他蹒跚背影，默然泪流沾巾。

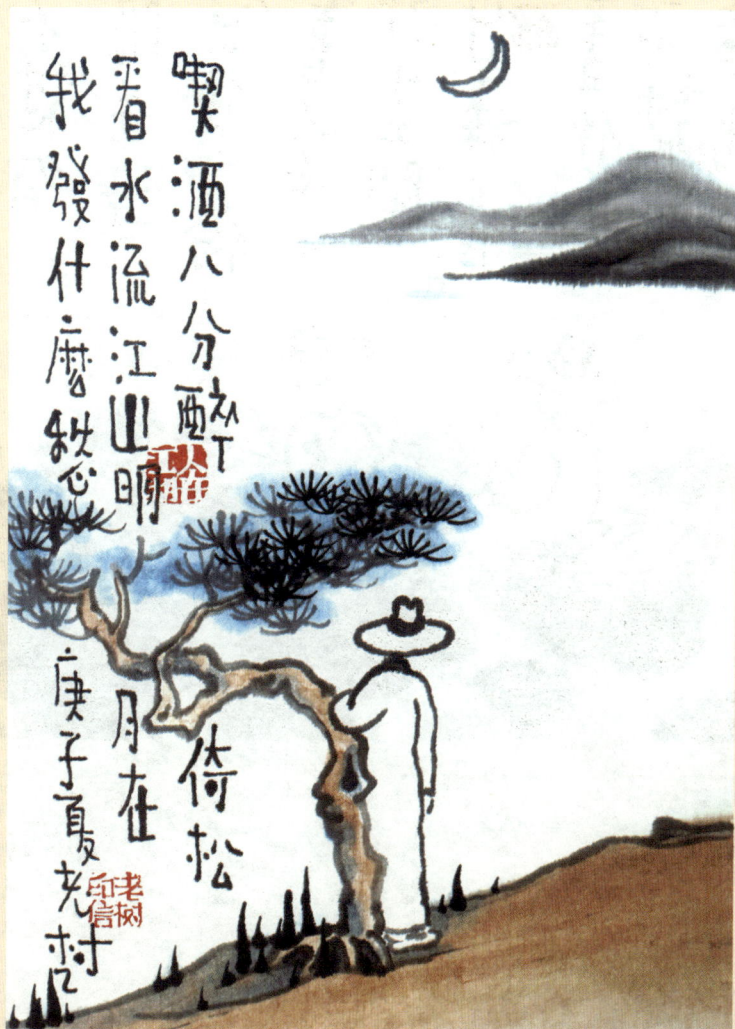

吃酒八分醉，倚松看水流。江山明月在，我发什么愁。

此身江湖漂泊，不过有限生涯，
心存一份善念，红尘开出莲花。

人间有事常不平，及见花开却多情。从此不做尘世梦，沿路只向心头行。

无论见到什么，都是自己相遇。

来年事情再说，先接梅花睡去。

时间不语，次第花开

李叔同 等 著

光明日报出版社

图书在版编目（CIP）数据

时间不语，次第花开 / 李叔同等著 . -- 北京 : 光明日报出版社 , 2024.4

ISBN 978-7-5194-7882-7

Ⅰ . ①时… Ⅱ . ①李… Ⅲ . ①散文集－中国 Ⅳ . ① I26

中国国家版本馆 CIP 数据核字 (2024) 第 067177 号

时间不语，次第花开
SHIJIAN BU YU, CIDI HUA KAI

著　者：李叔同　等	
责任编辑：徐　蔚	责任校对：孙　展
特约编辑：胡　峰　何江铭	责任印制：曹　净
插　画：老树画画	封面设计：于沧海

出版发行：光明日报出版社

地　　址：北京市西城区永安路 106 号，100050

电　　话：010-63169890（咨询），010-63131930（邮购）

传　　真：010-63131930

网　　址：http://book.gmw.cn

E－mail：gmrbcbs@gmw.cn

法律顾问：北京市兰台律师事务所龚柳方律师

印　　刷：天津鑫旭阳印刷有限公司

装　　订：天津鑫旭阳印刷有限公司

本书如有破损、缺页、装订错误，请与本社联系调换，电话：010-63131930

开　本：146mm×210mm	印　张：7.5
字　数：168 千字	
版　次：2024 年 4 月第 1 版	
印　次：2024 年 4 月第 1 次印刷	
书　号：ISBN 978-7-5194-7882-7	
定　价：49.80 元	

目录

辑一 心怀欢喜，慢度日常

辑二　春风有信，花开有期

辑三　心无旁骛，万事可破

辑四　次第花开，岁月生香

辑一

心怀欢喜，
慢度日常

轻轻地走与轻轻地来

——史铁生

现在我常有这样的感觉：死神就坐在门外的过道里，坐在幽暗处，凡人看不到的地方，一夜一夜耐心地等我。不知什么时候它就会站起来，对我说：嘿，走吧。我想那必是不由分说。但不管是什么时候，我想我大概仍会觉得有些仓促，但不会犹豫，不会拖延。

"轻轻地我走了，正如我轻轻地来"——我说过，徐志摩这句诗未必牵涉生死，但在我看，却是对生死最恰当的态度，作为墓志铭真是再好也没有。

死，从来不是一次性完成的。陈村有一回对我说：人是一点一点死去的，先是这儿，再是那儿，一步一步终于完成。他说得很平静，我漫不经心地附和，我们都已经活得不那么在意死了。

这就是说，我正在轻轻地走，灵魂正在离开这个残损不堪的躯壳，一步步告别着这个世界。这样的时候，不知别人会怎样想，我则尤其想起轻轻地来的神秘。比如想起清晨、晌午和傍晚变幻的阳光，想起一方蓝天，一个安静的小院，一团扑面而来的柔和的风，风中仿佛从来就有母亲和奶奶轻声的呼唤……不知道别人是否也会像我一样，由衷地惊讶：往日呢？往日的一切都到哪儿去了？

生命的开端最是玄妙，完全的无中生有。好没影儿的忽然你就进入了一种情况，一种情况引出另一种情况，顺理成章天衣无缝，一来二去便连接出一个现实世界。真的很像电影，虚无的银幕上，比如说忽然就有了一个蹲在草丛里玩耍的孩子，太阳照耀他，照耀着远山、近树和草丛中的一条小路。然后孩子玩腻了，沿小路蹒跚地往回走，于是又引出小路尽头的一座房子，门前正在张望他的母亲，埋头于烟斗或报纸的父亲，引出一个家，随后引出一个世界。孩子只是跟随这一系列情况走，有些一闪即逝，有些便成为不可更改的历史，以及不可更改的历史的原因。这样，终于有一天孩子母亲年轻又漂亮。这件事母亲后来闭口不谈，只说我来的时候"一层黑皮包着骨头"，她这样说的时候已经流露着欣慰，看我渐渐长得像回事了。但这一切都是真的吗？

我蹒跚地走出屋门，走进院子，一个真实的世界才开始提供凭证。太阳晒热的花草的气味，太阳晒热的砖石的气味，阳光在风中舞蹈、流动。青砖铺成的十字甬道连接起四面的房屋，把院子隔成四块均等的土地，两块上面各有一棵枣树，另两块种满了西番莲。西番莲顾自开着硕大的花朵，蜜蜂在层叠的花瓣中间钻进钻出，嗡嗡地开采。蝴蝶悠闲飘逸，飞来飞去，悄无声息仿佛幻影。枣树下落满移动的树影，落满细碎的枣花。青黄的枣花像一层粉，覆盖着地上的青苔，很滑，踩上去要小心。

天上，或者是云彩里，有些声音，有些缥缈不知所在的声音——风声？铃声？还是歌声？说不清，很久我都不知道那到底是什么声音，但我一走到那块蓝天下面就听见了它，甚至在襁褓中就已经听见它了。那声音清朗，欢欣，悠悠扬扬不紧不慢，仿佛是生命固有的召唤，执意要你去注意他，去寻找他、看望他，甚或去投奔他。

我迈过高高的门槛，艰难地走出院门，眼前是一条安静的小街，细长、规整，两三个陌生的身影走过，走向东边的朝阳，走进西边的落日。东边和西边都不知通向哪里，都不知连接着什么，唯那美妙的声音不惊不懈，如风如流……

我永远都看见那条小街，看见一个孩子站在门前的台阶上眺望。朝阳或是落日弄花了他的眼睛，浮起一群黑色的斑点，他闭上眼睛，有点怕，不知所措，很久，再睁开眼睛，啊好了，世界又是一片光明……有两个黑衣的僧人在沿街的房檐下悄然走过……几只蜻蜓平稳地盘桓，翅膀上闪动着光芒……鸽哨声时隐时现，平缓，悠长，渐渐地近了，扑噜噜飞过头顶，又渐渐远了，在天边像一团飞舞的纸屑……这是件奇怪的事，我既看见我的眺望，又看见我在眺望。

那些情景如今都到哪儿去了？那时刻，那孩子，那样的心情，惊奇和痴迷的目光，一切往日情景，都到哪儿去了？它们飘进了宇宙，是呀，飘去五十年了。但这是不是说，它们只不过飘离了此时此地，其实它们依然存在？

梦是什么？回忆，是怎么一回事？

倘若在五十光年之外有一架倍数足够大的望远镜，有一个观察点，料必那些情景便依然如故，那条小街，小街上空的鸽群，两个无名的僧人，蜻蜓翅膀上的闪光和那个痴迷的孩子，还有天空中美妙的声音，便一如既往。如果那望远镜以光的速度继续跟随，那个孩子便永远都站在那条小街上，痴迷地眺望。要是那望远镜停下来，停在五十光年之外的某个地方，我的一生就会依次重现，五十年的历史便将从头上演。

真是神奇。很可能，生和死都不过取决于观察，取决于观察的远与近。比如，当一颗距离我们数十万光年的星星实际早已熄灭，它却正在我们的视野里度着它的青年时光。

时间限制了我们，习惯限制了我们，谣言般的舆论让我们陷于实际，让我们在白昼的魔法中闭目塞听不敢妄为。白昼是一种魔法，一种符咒，让僵死的规则畅行无阻，让实际消磨掉神奇。所有的人都在白昼的魔法之下扮演着紧张、呆板的角色，一切言谈举止，一切思绪与梦想，都仿佛被预设的程序所圈定。

因而我盼望夜晚，盼望黑夜，盼望寂静中自由的到来。

甚至盼望站到死中，去看生。

我的躯体早已被固定在床上，固定在轮椅中，但我的心魂常在黑夜出行，脱离开残废的躯壳，脱离白昼的魔法，脱离实际，在尘嚣稍息的夜的世界里游逛，听所有的梦者诉说，看所有放弃了尘世角色的游魂在夜的天空和旷野中揭开另一种戏剧。风，四处游走，串联起夜的消息，从沉睡的窗口到沉睡的窗口，去探望被白昼忽略了的心情。另一种世界，蓬蓬勃勃，夜的声音无比辽阔。是呀，那才是写作啊。至于文学，我说过我跟它好像不大沾边儿，我一心向往的只是这自由的夜行，去到一切心魂的由衷的所在。

寻常茶话

——汪曾祺

　　我对茶实在是个外行。茶是喝的，而且喝得很勤，一天换三次叶子。每天起来第一件事，便是坐水，沏茶。但是毫不讲究。对茶叶不挑剔。青茶、绿茶、花茶、红茶、沱茶、乌龙茶，但有便喝。茶叶多是别人送的，喝完了一筒，再开一筒。喝完了碧螺春，第二天就可以喝蟹爪水仙。但是不论什么茶，总得是好一点的。太次的茶叶，便只好留着煮茶叶蛋。

　　《北京人》里的江泰认为喝茶只是"止渴生津利小便"，我以为还有一种功能，是：提神。《陶庵梦忆》记闵老子茶，说得神乎其神。我则有点像董日铸，以为"浓、热、满三字尽茶理"。我不喜欢喝太烫的茶，沏茶也不爱满杯。我的家乡论为客人斟茶斟酒："酒要满，茶要浅"，茶斟得太满是对客人不敬，甚至是骂人。于是就只剩下一个字：浓。我喝茶是喝得很酽的。曾在机关开会，有女同志尝了我的一口茶，说是"跟药一样"。

我读小学五年级那年暑假，我的祖父不知怎么忽然高了兴，要教我读书。"穿堂"的右侧有两间空屋。里间是佛堂，挂了一幅丁云鹏画的佛像，佛的袈裟是朱红的。佛像下，是一尊乌斯藏铜佛。我的祖母每天早晚来烧一炷香。外间本是个贮藏室，房梁上挂着干菜，干的粽叶，靠墙有一坛"臭卤"，面筋、百叶、笋头、苋菜秸都放在里面臭。临窗设一方桌，便是我的书桌。

祖父每天早晨来讲《论语》一章，剩下的时间由我自己写大小字各一张。大字写《圭峰碑》，小字写《闲邪公家传》，都是祖父从他的藏帖里拿来给我的。隔日作文一篇，还不是正式的八股，是一种叫做"义"的文体，只是解释《论语》的内容。题目是祖父出的。我共做了多少篇"义"，已经不记得了。只记得有一题是"孟子反不伐义"。

祖父生活俭省，喝茶却颇考究。他是喝龙井的，泡在一个深栗色的扁肚子的宜兴砂壶里，用一个细瓷小杯倒出来喝。他喝茶喝得很釅，一次要放多半壶茶叶。喝得很慢，喝一口，还得回味一下。

他看看我的字、我的"义"；有时会另拿一个杯子，让我喝一杯他的茶。真香。从此我知道龙井好喝，我的喝茶浓釅，跟小时候的熏陶也有点关系。

后来我到了外面，有时喝到龙井茶，会想起我的祖父，想起孟子反。

我的家乡有"喝早茶"的习惯，或者叫做"上茶馆"。上茶馆其实是吃点心，包子、蒸饺、烧卖、千层糕……茶自然是要喝的。在点心未端来之前，先上一碗干丝。我们那里原先没有煮干丝，只有烫干丝。干丝在一个敞口的碗里堆成塔状，临吃，堂倌把装在一个茶杯里的作料——酱油、醋、麻油浇入。喝热茶、吃干丝，一绝！

抗日战争时期，我在昆明住了七年，几乎天天泡茶馆。"泡茶馆"是西南联大学生特有的说法。本地人叫做"坐茶馆"，"坐"，本有消磨时间的意思，"泡"则更胜一筹。这是从北京带过去的一个字，"泡"者，长时间地沉溺其中也，与"穷泡""泡蘑菇"的"泡"是同一语源。

联大学生在茶馆里往往一泡就是半天。干什么的都有。聊天、看书、写文章。有一位教授在茶馆里读梵文。有一位研究生，可称泡茶馆的冠军。此人姓陆，是一怪人。他曾经徒步旅行了半个中国，读书甚多，而无所著述，不爱说话。他简直是"长"在茶馆里。上午、下午、晚上，要一杯茶，独自坐着看书。他连漱洗用具都放在一家茶馆里，一起来就到茶馆里洗脸刷牙。听说他后来流落在四川，穷困潦倒而死，悲夫！

昆明茶馆里卖的都是青茶，茶叶不分等次，泡在盖碗里。文林街后来开了一家"摩登"茶馆，用玻璃杯卖绿茶、红茶——滇红、滇绿。滇绿色如生青豆，滇红色似"中国红"葡萄酒，茶味都很厚。滇红尤其经泡，三开之后，还有茶色。我觉得滇红比祁（门）红、英（德）红都好，这也许是我的偏见。当然比斯里兰卡的"利普顿"要差一些——有人喝不来"利普顿"，说是味道很怪。人之好恶，不能勉强。

我在昆明喝过烤茶。把茶叶放在粗陶的烤茶罐里，放在炭火上烤得半焦，倾入滚水，茶香扑人。几年前在大理街头看到有烤茶罐卖，犹豫一下，没有买。买了，放在煤气灶上烤，也不会有那样的味道。

1946年冬，开明书店在绿杨村请客。饭后，我们到巴金先生家喝功夫茶。几个人围着浅黄色的老式圆桌，看陈蕴珍（萧珊）"表演"：濯器、炽炭、注水、淋壶、筛茶。每人喝了三小杯。我第一次喝功夫茶，印象深刻。这茶太酽了，只能喝三小杯。在座的除巴先生夫妇，有靳以、黄裳。一转眼，43年了。靳以、萧珊都不在了。巴老衰病，大概没有喝一次功夫茶的兴致了。那套紫砂茶具大概也不在了。

我在杭州喝过一杯好茶。

1947年春，我和几个在一个中学教书的同事到杭州去玩。除了"西湖景"，使我难忘的有两样方物，一是醋鱼带把。所谓"带把"，是把活草鱼的脊肉剔下来，快刀切为薄片，其薄如纸，浇上好秋油，生吃。鱼肉发甜，鲜脆无比。我想这就是中国古代的"切脍"。一是在虎跑喝的一杯龙井。真正的狮峰龙井雨前新芽，每蕾皆一旗一枪，泡在玻璃杯里，茶叶皆直立不倒，载浮载沉，茶色颇淡，但入口香浓，直透脏腑，真是好茶！只是太贵了。一杯茶，一块大洋，比吃一顿饭还贵。狮峰茶名不虚传，但不得虎跑水不可能有这样的味道。我自此方知道，喝茶，水是至关重要的。

我喝过的好水有昆明的黑龙潭泉水。骑马到黑龙潭，疾驰之后，下马到茶馆里喝一杯泉水泡的茶，真是过瘾。泉就在茶馆檐外地面，一个正方的小池子，看得见泉水咕嘟咕嘟往上冒。井冈山的水也很好，水清而滑。有的水是"滑"的，"温泉水滑洗凝脂"并非虚语。井冈山水洗被单，越洗越白；以泡"狗古（牯）脑"茶，色味俱发，不知道水里含了什么物质。天下第一泉、第二泉的水，我没有喝出什么道理。济南号称泉城，但泉水只能供观赏，以泡茶，不觉得有什么特点。

有些地方的水真不好。比如盐城。盐城真是"盐城"，水是咸的。中产以上人家都吃"天落水"。下雨天，在天井上方张了布幕，以接雨水，存在缸里，备烹茶用。最不好吃的水是菏泽，菏泽牡丹甲天下，因为菏泽土中含碱，牡丹喜碱性土。我们到菏泽看牡丹，牡丹极好，但茶没法喝。不论是青茶、绿茶，沏出来一会儿就变成红茶了，颜色深如酱油，入口咸涩。由菏泽往梁山，住进招待所后，第一件事便是赶紧用不带碱味的甜水沏一杯茶。

老北京早起都要喝茶，得把茶喝"通"了，这一天才舒服。无论贫富，皆如此。1948年我在午门历史博物馆工作。

馆里有几位看守员，岁数都很大了。他们上班后，都是先把带来的窝头片在炉盘上烤上，然后轮流用水汆坐水沏茶。茶喝足了，才到午门城楼的展览室里去坐着。他们喝的都是花茶。

北京人爱喝花茶，以为只有花茶才算是茶（北京很多人把茉莉花叫做"茶叶花"）。我不太喜欢花茶，但好的花茶例外，比如老舍先生家的花茶。

老舍先生一天离不开茶。他到莫斯科开会，苏联人知道中国人爱喝茶，倒是特意给他预备了一个热水壶。可是，他刚沏了一杯茶，还没喝几口，一转脸，服务员就给倒了。老舍先生很愤慨地说："他妈的！他不知道中国人喝茶是一天喝到晚的！"一天喝茶喝到晚，也许只有中国人如此。外国人喝茶都是论"顿"的，难怪那位服务员看到多半杯茶放在那里，以为老先生已经喝完了，不要了。

龚定庵以为碧螺春天下第一。我曾在苏州东山的"雕花楼"喝过一次新采的碧螺春。"雕花楼"原是一个华侨富商的住宅，楼是进口的硬木造的，到处都雕了花，八仙庆寿、福禄寿三星、龙、凤、牡丹……真是集恶俗之大成。但碧螺春真是好。不过茶是泡在大碗里的，我觉得这有点煞风景。

后来问陆文夫，文夫说碧螺春就是讲究用大碗喝的。茶极细，器极粗，亦怪！

我还在湖南桃源喝过一次擂茶。茶叶、老姜、芝麻、米，加盐放在一个擂钵里，用硬木的擂棒"擂"成细末，用开水冲开，便是擂茶。

茶可入馔，制为食品。杭州有龙井虾仁，想不恶。裘盛戎曾用龙井茶包饺子，可谓别出心裁。日本有茶粥。《俳人的食物》说俳人小聚，食物极简单，但"唯茶粥一品，万不可少"。茶粥是啥样的呢？我曾用粗茶叶煎汁，加大米熬粥，自以为这便是"茶粥"了。有一阵子，我每天早起喝我所发明的茶粥，自以为很好喝。四川的樟茶鸭子乃以柏树枝、樟树叶及茶叶为薰料，吃起来有茶香而无茶味。曾吃过一块龙井茶心的巧克力，这简直是恶作剧！用上海人的话说：巧克力与龙井茶实在完全"弗搭界"。

初到世间的慨叹

——李叔同

在清朝光绪年间，天津河东有一个地藏庵，庵前有一户人家。这是一座四进四出的进士宅邸，它的主人是一位官商，名字叫李世珍。曾是同治年间的进士，官任吏部主事，也因此使李家在当地的声名更加显赫了。但是，他为官不久，便辞官返乡了，开始经商。在晚年的时候，他虔诚拜佛，为人宽厚，乐善好施，被人称为"李善人"。而这就是我的父亲。

我是光绪六年（1880），在这个平和良善的家庭中出生的。生我时，我的母亲只有二十岁，而我父亲已近六十八岁了。这是因为我是父亲的小妾生的，也正是如此，虽然父亲很疼爱我，但是在那时的官宦人家，妾的地位很卑微，我作为庶子，身份也就无法与我的同父异母的哥哥相比。从小就感受到这种不公平待遇所给我带来的压抑感，然而只能是忍受着，也许这就为我日后出家埋下了伏笔。

在我五岁那年，父亲因病去世了。没有了父亲的庇护和依靠，我与母亲的处境很是困难，看着母亲一天到晚低眉顺眼、谨小慎微地度日，我的内心感到很难受，也使我产生了自卑的倾向。我养成了沉默寡言的内向性格，终日里与书作伴，与画为伍。只有在书画的世界里，我才能找到快乐和自由！

听我母亲后来跟我讲：在我降生的时候，有一只喜鹊叼着一根松枝放在了产房的窗上，所有人都认为这是佛赐祥瑞。而我后来也一直将这根松枝带在身边，并时常对着它祈祷。由于我的父亲对佛教的诚信，使我在很小的时候，就有机会接触到佛教经典，受到佛法的熏陶。我小时候刚开始识字，就是跟着我的大娘，也就是我父亲的妻子，学习念诵《大悲咒》和《往生咒》。而我的嫂子也经常教我背诵《心经》和《金刚经》等。虽然那时我根本就不明白这些佛经的含义，也无从知晓它们的教理，但是我很喜欢念经时那种空灵的感受。也只有在这时我能感受到平等和安详！而我想这也许成为我今后出家的引路标。

我小时候，大约是六七岁的样子，就跟着我的哥哥文熙开始读书识字，并学习各种待人接物的礼仪，那时我哥哥已经二十岁了。由于我们家是书香门第，又是当地数一数二的官商世家，所以一直就沿袭着严格的教育理念。因此，我哥哥对我方方面面的功课都督教得异常严格，稍有错误必加以严惩。我自小就在这样严厉的环境中长大，这使我从小就没有了小孩子应有的天真活泼，也疑我的天性遭到了压抑而导致有些扭曲。但是有一点不得不承认，那就是这种严格施教，对于我后来所养成的严谨认真的学习习惯和生活作风是起了决定作用的，而我后来的一切成就几乎都是得益于此，也由此我真心地感激我的哥哥。

当我长到八九岁时，就拜在常云政先生门下，成为他的入室弟子，开始攻读各种经史子集，并开始学习书法、金石等技艺。在我十三岁那年，天津的名士赵幼梅先生和唐静岩先生开始教我填词和书法，使我在诗词书画方面得到了很大的提高，功力也较以前深厚了。为了考取功名，我对八股文下了很大的功夫，也因此得以在天津县学加以训练。

在我十六岁的时候，我有了自己的思想，因过去所受的压抑而造成的"反叛"倾向也开始抬头了。我开始对过去刻苦学习是为了报国济世的思想不那么热衷了，却对文艺产生了浓厚的兴趣，尤其是戏曲，也因此成了一个不折不扣的票友。在此期间，我结识过一个叫杨翠喜的艺人，我经常去听她唱戏，并送她回家，只可惜后来她被官家包养，后来又嫁给一个商人做了妾。

由此后我也有些惆怅，而那时我哥哥已经是天津一位有名的中医大师了，但是有一点我很不喜欢，就是他为人比较势利，攀权倚贵，嫌贫爱富。我曾经把我的看法向他说起，他不接受，并指责我有辱祖训，不务正业。无法，我只有与其背道而驰了，从行动上表示我的不满，对贫贱低微的人我礼敬有加，对富贵高傲的人我不理不睬；对小动物我关怀备至，对人我却不冷不热。在别人眼里我成为了一个怪人，不可理喻，不过对此我倒是无所谓的。这可能是我日后看破红尘出家为僧的决定因素！

我在西湖出家的经过

——李叔同

杭州这个地方实堪称为佛地，因为寺庙之多约有两千余所，可想见杭州佛法之盛了！

最近《越风》社要出关于《西湖》的增刊，由黄居士来函，要我做一篇《西湖与佛教之因缘》。我觉得这个题目的范围太广泛了，而且又无参考书在手，于短期间内是不能做成的；所以，现在就将我从前在西湖居住时把那些值得追味的几件事情来说一说，也算是纪念我出家的经过。

我第一次到杭州是光绪二十八年（1902）七月。在杭州住了约一个月光景，但是并没有到寺院里去过。只记得有一次到涌金门外去吃过一回茶，同时也就把西湖的风景稍微看了一下。

第二次到杭州是1912年的七月。这回到杭州倒住得很久，一直住了近十年，可以说是很久的了。我的住处在钱塘门内，离西湖很近，只两里路光景。在钱塘门外，靠西湖边有一所小茶馆名"景春园"。我常常一个人出门，独自到景春园的楼上去吃茶。

民国初年，西湖的情形完全与现在两样——那时候还有城墙及很多柳树，都是很好看的。除了春秋两季的香会之外，西湖边的人总是很少；而钱塘门外，更是冷静了。

在景春园楼下，有许多的茶客，都是那些摇船抬轿的劳动者居多。而在楼上吃茶的就只有我一个人了。所以，我常常一个人在上面吃茶，同时还凭栏看着西湖的风景。

在茶馆的附近，就是那有名的大寺院——昭庆寺了。我吃茶之后，也常常顺便到那里去看一看。

1913年夏天，我曾在西湖的广化寺里住了好几天。但是住的地方却不在出家人的范围之内，是在该寺的旁边，有一所叫作"痘神祠"的楼上。

痘神祠是广化寺专门为着要给那些在家的客人住的。我住在里面的时候，有时也曾到出家人所住的地方去看看，心里却感觉很有意思呢！

记得那时我亦常常坐船到湖心亭去吃茶。

曾有一次，学校里有一位名人来演讲，我和夏丏尊居士却出门躲避，到湖心亭上去吃茶呢！当时夏丏尊对我说："像我们这种人，出家做和尚倒是很好的。"我听到这句话，就觉得很有意思。这可以说是我后来出家的一个远因了。

到了1916年的夏天，我因为看到日本杂志中有说及关于断食可以治疗各种疾病，当时我就起了一种好奇心，想来断食一下。因为我那时患有神经衰弱症，若实行断食后，或者可以痊愈亦未可知。要行断食时，须于寒冷的季候方宜。所以，我便预定十一月来作断食的时间。

至于断食的地点须先考虑一下，似觉总要有个很幽静的地方才好。当时我就和西泠印社的叶品三君来商量，结果他说在西湖附近的虎跑寺可作为断食的地点。

我就问他："既要到虎跑寺去，总要有人来介绍才对。究竟要请谁呢？"他说："有一位丁辅之是虎跑的大护法，可以请他去说一说。"于是他便写信请丁辅之代为介绍了。

因为从前的虎跑不像现在这样热闹，而是游客很少，且十分冷静的地方啊。若用来作为我断食的地点，可以说是最相宜的了。

　　到了十一月，我还不曾亲自到过。于是我便托人到虎跑寺那边去走一趟，看看在哪一间房里住好。回来后，他说在方丈楼下的地方倒很幽静的。因为那边的房子很多，且平常时候都是关着，客人是不能走进去的；而在方丈楼上，则只有一位出家人住着，此外并没有什么人居住。

　　等到十一月底，我到了虎跑寺，就住在方丈楼下的那间屋子里。我住进去以后，常看见一位出家人在我的窗前经过（即是住在楼上的那一位）。我看到他却十分地欢喜呢！因此，就时常和他谈话；同时，他也拿佛经来给我看。

　　我以前从五岁时，即时常和出家人见面，时常看见出家人到我的家里念经及拜忏。于十二三岁时，也曾学了放焰口。可是并没有和有道德的出家人住在一起，同时，也不知道寺院中的内容是怎样的，以及出家人的生活又是如何。

　　这回到虎跑去住，看到他们那种生活，却很欢喜而且羡慕起来了。

　　我虽然只住了半个多月，但心里却十分地愉快，而且对于他们所吃的菜蔬，更是欢喜吃。及回到学校以后，我就请用人依照他们那样的菜煮来吃。

这一次我到虎跑寺去断食，可以说是我出家的近因了。到了1917年的下半年，我就发心吃素了。

在冬天的时候，即请了许多的经，如《普贤行愿品》《楞严经》及《大乘起信论》等很多的佛经。自己的房里，也供起佛像来，如地藏菩萨、观世音菩萨等的像。于是亦天天烧香了。

到了这一年放年假的时候，我并没有回家去，而到虎跑寺里面去过年。我仍住在方丈楼下。那个时候，则更感觉得有兴味了，于是就发心出家。同时就想拜那位住在方丈楼上的出家人做师父。

他的名字是弘详师。可是他不肯我去拜他，而介绍我拜他的师父。他的师父是在松木场护国寺里居住。于是他就请他的师父回到虎跑寺来，而我也就于1918年正月十五日受三皈依了。

我打算于此年的暑假入山。预先在寺里住了一年后再实行出家的。当这个时候，我就做了一件海青，及学习两堂功课。

二月初五日那天，是我母亲的忌日，于是我就先于两天前到虎跑去，诵了三天的《地藏经》，为我的母亲回向。

到了五月底，我就提前先考试。考试之后，即到虎跑寺入山了。到了寺中一日以后，即穿出家人的衣裳，而预备转年再剃度。

及至七月初，夏丏尊居士来。他看到我穿出家人的衣裳但还未出家，他就对我说："既住在寺里面，并且穿了出家人的衣裳，而不出家，那是没有什么意思的。所以还是赶紧剃度好！"

我本来是想转年再出家的，但是承他的劝，于是就赶紧出家了。七月十三日那一天，相传是大势至菩萨的圣诞，所以就在那天落发。

落发以后仍须受戒的，于是由林同庄君介绍，到灵隐寺去受戒了。

灵隐寺是杭州规模最大的寺院，我一向是很欢喜的。我出家以后，曾到各处的大寺院看过，但是总没有像灵隐寺那么好！

八月底，我就到灵隐寺去，寺中的方丈和尚很客气，叫我住在客堂后面芸香阁的楼上。当时是由慧明法师做大师父的。有一天，我在客堂里遇到这位法师了。他看到我时就说："既系来受戒的，为什么不进戒堂呢？虽然你在家的时候是读书人，但是读书人就能这样地随便吗？就是在家时是一个皇帝，我也是一样看待的！"那时方丈和尚仍是要我住在客堂楼上，而于戒堂里有了紧要的佛事时，方去参加一两回的。

那时候，我虽然不能和慧明法师时常见面，但是看到他那样的忠厚笃实，却是令我佩服不已的！

受戒以后，我就住在虎跑寺内。到了十二月，即搬到玉泉寺去住。此后即常常到别处去，没有久住在西湖了。

弘一法师之出家

—— 夏丏尊

今年旧历九月二十日，是弘一法师满六十岁诞辰。佛学书局因为我是他的老友，嘱写些文字以为纪念，我就把他出家的经过加以追叙。他是三十九岁那年夏间披剃的，到现在已整整作了二十一年的僧侣生涯。我这里所述的，也都是二十一年前的旧事。

说起来也许会教大家不相信，弘一法师的出家可以说和我有关，没有我，也许不至于出家。关于这层，弘一法师自己也承认。有一次，记得是他出家二三年后的事，他要到新城掩关去了，杭州知友们在银洞巷虎跑寺下院替他饯行，有白衣，有僧人。斋后，他在座间指了我向大家道："我的出家，大半由于这位夏居士的助缘。此恩永不能忘！"

我听了不禁面红耳赤，惭悚无以自容。因为一，我当时自己尚无信仰，以为出家是不幸的事情，至少是受苦的事情。弘一法师出家以后即修种种苦行，我见了常不忍。二，他因我之助缘而出家修行去了，我却竖不起肩膀，仍浮沉在醉生梦死的凡俗之中。所以深深地感到对于他的责任，很是难过。

我和弘一法师（俗姓李，名字屡易，为世熟知者名曰息，字曰叔同）相识，是在杭州浙江两级师范学校（后改名浙江第一师范学校）任教的时候。这个学校有一个特别的地方，不轻易更换教职员。我前后担任了十三年，他担任了七年。在这七年中，我们晨夕一堂，相处得很好。

他比我长六岁。当时我们已是三十左右的人，少年名士气息忏除将尽，想在教育上做些实际功夫。我担任舍监职务，兼教修身课，时时感觉对于学生感化力不足。他教的是图画音乐二科，这两种科目，在他未来以前是学生所忽视的，自他任教以后就忽然被重视起来，几乎把全校学生的注意力都牵引过去了。课余但闻琴声歌声，假日常见学生出外写生，这原因一半当然是他对于这二科实力充足，一半也由于他的感化力大。只要提起他的名字，全校师生以及工役没有人不起敬的。

他的力量全由诚敬中发出，我只好佩服他，不能学他。举一个实例来说，有一次，寄宿舍里有学生失少了财物了，大家猜测是某一个学生偷的，检查起来却没有得到证据。我身为舍监，深觉惭愧苦闷，向他求教。他所指教我的方法说也怕人，教我自杀！说："你肯自杀吗？你若出一张布告，说作贼者速来自首。如三日内无自首者，足见舍监诚信未孚，誓一死以殉教育。果能这样，一定可以感动人，一定会有人来自首。——这话须说得诚实，三日后如没有人自首，真非自杀不可。否则便无效力。"

这话在一般人看来是过分之辞，他提出来的时候却是真心的流露，并无虚伪之意。我自愧不能照行，向他笑谢，他当然也不责备我。我们那时颇有些道学气，俨然以教育者自任，一方面又痛感到自己力量的不够。可是所想努力的，还是儒家式的修养，至于宗教方面简直毫不关心的。

有一次，我从一本日本的杂志上见到一篇关于断食的文章，说断食是身心"更新"的修养方法。自古宗教上的伟人，如释迦，如耶稣，都曾断过食。断食能使人除旧换新、改去恶德，生出伟大的精神力量。并且还列举实行的方法及应注意的事项，又介绍了一本专讲断食的参考书。我对于这篇文章很有兴味，便和他谈及，他就好奇地向我要了杂志去看。以后我们也常谈到这事，彼此都有"有机会时最好把断食来试试"的话，可是并没有作过具体的决定，至少在我自己是说过就算了的。

约莫经过了一年，他竟独自去实行断食了。这是他出家前一年阳历年假的事。他有家眷在上海，平日每月回上海两次，年假暑假当然都回上海的。阳历年假只十天，放假以后我也就回家去了，总以为他仍照例回到上海了。假满返校，不见到他，过了两个星期他才回来，据说假期中没有回上海，在虎跑寺断食。我问他："为什么不告诉我？"他笑说："你是能说不能行的。并且这事预先教别人知道也不好，旁人大惊小怪起来，容易发生波折。"

他的断食共三星期：第一星期逐渐减食至尽，第二星期除水以外完全不食，第三星期起由粥汤逐渐增加至常量。据说经过很顺利，不但并无苦痛，而且身心反觉轻快，有飘飘欲仙之像。他平日是每日早晨写字的，在断食期间仍以写字为常课，三星期所写的字有魏碑，有篆文，有隶书，笔力比平日并不减弱。他说断食时心比平时灵敏，颇有文思，恐出毛病，终于不敢作文。他断食以后食量大增，且能吃整块的肉（平日虽不茹素，不多食肥腻肉类）。自己觉得脱胎换骨过了，用老子"能婴儿乎"之意改名李婴，依然教课，依然替人写字，并没有什么和前不同的情形。据我知道，这时他还只看些宋元人的理学书和道家的书类，佛学尚未谈到。

转瞬阴历年假到了，大家又离校。哪知他不回上海，又到虎跑寺去了。因为他在那里住过三星期，喜其地方清静，所以又到那里去过年。他的归依三宝，可以说由这时候开始的。

据说，他自虎跑寺断食回来，曾去访过马一浮先生，说虎跑寺如何清静，僧人招待如何殷勤。阴历旧年，马先生有一个朋友彭先生，求马先生介绍一个幽静的寓处，马先生忆起弘一法师前几天曾提起虎跑寺，就把这位彭先生陪送到虎跑寺去住。恰好弘一法师正在那里，经马先生之介绍就认识了这位彭先生。同住了不多几天，到正月初八日，彭先生忽然发心出家了，由虎跑寺当家为他剃度。弘一法师目击当时的一切，大大感动，可是还不就想出家，仅归依三宝，拜老和尚了悟法师为归依师。演音的名，弘一的号，就是那时取定的。假期满后仍回到学校里来。

从此以后，他茹素了，有念珠了，看佛经了，室中供佛像了。宋元理学书偶然仍看，道家书似已疏远。他对我说明一切经过及未来志愿，说出家有种种难处，以后打算暂以居士资格修行，在虎跑寺寄住，暑假后不再担任教师职务。

我当时非常难堪，平素所敬爱的这样的好友将弃我遁入空门去了，不胜寂寞之感。在这七年之中，他想离开杭州一师有三四次之多，有时是因为对于学校当局有不快，有时是因为别处有人来请他，他几次要走，都是经我苦劝而作罢的。甚至于有一时期，南京高师苦苦求他任课，他已接受聘书了，因我恳留他，他不忍拂我之意，于是杭州南京两处跑，一个月中要坐夜车奔波好几次。他的爱我，可谓已超出寻常友谊之处，眼看这样的好友因信仰的变化要离我而去，而且信仰上的事不比寻常名利关系，可以迁就。料想这次恐已无法留得他住，深悔从前不该留他。他若早离开杭州，也许不会遇到这样复杂的因缘的。

暑假渐近，我的苦闷也愈加甚。他虽常用佛法好言安慰我，我总熬不住苦闷。有一次，我对他说过这样的一番狂言："这样做居士究竟不彻底。索性做了和尚，倒爽快！"

我这话原是愤激之谈，因为心里难过得熬不住了，不觉脱口而出。说出以后，自己也就后悔。他却是仍是笑颜对我，毫不介意。

暑假到了，他把一切书籍字画衣服等等分赠朋友学生及校工们——我所得到的是他历年所写的字，他所有折扇及金表等——自己带到虎跑寺去的只是些布衣及几件日常用品。我送他出校门，他不许再送了，约期后会，黯然而别。暑假后，我就想去看他，忽然我父亲病了，到半个月以后才到虎跑寺去。相见时我吃了一惊，他已剃去短须，头皮光光，著起海青，赫然是个和尚了！他笑说：

"昨天受剃度的。日子很好，恰巧是大势至菩萨生日。"

"不是说暂时做居士，在这里住住修行，不出家的吗？"我问。

"这也是你的意思，你说索性做了和尚……"

我无话可说，心中真是感慨万分。他问过我父亲的病况，留我小坐，说要写一幅字叫我带回去，作他出家的纪念。他回进房去写字，半小时后才出来，写的是《楞严大势至念佛圆通章》，且加跋语，详记当时因缘，末有"愿他年同生安养共圆种智"的话。临别时我和他作约，尽力护法，吃素一年。他含笑点头，念一句"阿弥陀佛"。

自从他出家以后，我已不敢再谤毁佛法，可是对于佛法见闻不多，对于他的出家，最初总由俗人的见地，感到一种责任：以为如果我不苦留他在杭州，如果我不提出断食的话头，也许不会有虎跑寺马先生彭先生等因缘，他不会出家。如果最后我不因惜别而发狂言，他即使要出家，也许不会那么快速。

我一向为这责任之感所苦，尤其在见到他作苦修行或听到他有疾病的时候。近几年以来，我因他的督励，也常亲近佛典，略识因缘之不可思议，知道像他那样的人，是于过去无量数劫种了善根的。他的出家，他的弘法度生，都是夙愿使然，而且都是希有的福德，正应代他欢喜，代众生欢喜，觉得以前的对他不安，对他负责任，不但是自寻烦恼，而且是一种僭妄了。

遁入空门的修行

——李叔同

　　导致我出家的因素有很多，其中不乏小时候的家庭熏染，而有一些应该归功于我在浙江师范的经历。那种忙碌而充实的生活，将我在年轻时沾染上的一些所谓的名士习气洗刷干净，让我更加注重的是为人师表的道德修养的磨炼。因此我感受到了前所未有的清静和平淡，一种空灵的感觉在不知不觉中升起，并充斥到我的全身，就像小时候读佛经时的感觉，但比那时更清澈和明朗了。

　　民国初期，我来到杭州虎跑寺进行断食修炼，并于此间感悟到佛教的思想境界，于是便受具足戒，从此成为一介"比丘"，与孤灯、佛像、经书终日相伴。如果谈到我为何要选择在他人看来正是声名鹊起、该急流勇进的时候出家，我自己也说不太清楚，但我记得导致我出家决心的是我的朋友夏丏尊，他对我讲了一件事。

他说他在一本日本杂志上看到一篇关于绝食修行的方法，这种方法可以帮助身心进行更新，从而达到除旧换新、改恶向善的目的，使人生出伟大的精神力量。他还告诉了我一些实行的方法及注意事项，并给了我一本参考书。我对此产生了浓厚的兴趣，总想找机会尝试一下，看看对自己的身心修养有没有帮助。这个念头产生后，就再也控制不了了，于是在当年暑假期间我就到寺中进行了三个星期的断食修炼。

修炼的过程还是很顺利的。第一个星期逐渐减少食量到不食，第二个星期除喝水以外不吃任何食物，第三个星期由喝粥逐渐增加到正常饮食。断食期间，并没有任何痛苦，也没有感到任何的不适，更没有心力憔悴、软弱无力的感觉。反而觉得身心轻快了很多、空灵了很多，心的感受力比以往更加灵敏了，并且颇有文思和洞察力，感觉就像脱胎换骨了一样。

断食修炼后不久的一天，由一个朋友介绍来的彭先生也来到寺里住下，不成想他只住了几天，就感悟到身心的舒适，竟由住持为其剃度，出家当了和尚。我看了这一切，受到极大的撞击和感染，于是由了悟禅师为我定了法名为演音，法号是弘一。但是我只归依了三宝，没有剃度，成为一个在家修行的居士。我本想就此以居士的身份，住在寺里进行修持，因为我也曾经考虑到出家的种种困难。然而我一个好朋友说的一句话让我彻底下了出家为僧的决心。

在我成为居士并住在寺里后，我的那位好朋友，再三邀请我到南京高师教课，我推辞不过，于是经常在杭州和南京两地奔走，有时一个月要数次。朋友劝我不要这样劳苦，我说："这是信仰的事情，不比寻常的名利，是不可以随便迁就或更改的。"我的朋友后悔不该强行邀请我在高师任教，于是我就经常安慰他，这反倒使他更加苦闷了。终于，有一天他对我说："与其这样做居士究竟不彻底，不如索性出家做了和尚，倒清爽！"这句话对我犹如醍醐灌顶，一语就警醒了我。是呀，做事做彻底，不干不净的很是麻烦。于是在这年暑假，我就把我在学校的一些东西分给了朋友和校工们，仅带了几件衣物和日常用品，回到虎跑寺剃度做了和尚。

有很多人猜测我出家的原因，而且争议颇多。我并不想去昭告天下，我为啥出家。因为每个人做事，有每个人的原则、兴趣、方式方法以及对事物的理解，这些本就是永远不会相同的，就是说了他人也不会理解，所以干脆不说，慢慢他人就会淡忘的。至于我当时的心境，我想更多的是为了追求一种更高、更理想的方式，以教化自己和世人！

翡冷翠①
山居闲话

——徐志摩

　　在这里出门散步去，上山或是下山，在一个晴好的五月的向晚，正像是去赴一个美的宴会，比如去一果子园，那边每株树上都是满挂着诗情最秀逸的果实，假如你单是站着看还不满意时，只要你一伸手就可以采取，可以恣尝鲜味，足够你性灵的迷醉。阳光正好暖和，决不过暖；风息是温驯的，而且往往因为他是从繁花的山林里吹度过来，他带来一股幽远的澹香，连着一息滋润的水气，摩挲着你的颜面，轻绕着你的肩腰，就这单纯的呼吸已是无穷的愉快；空气总是

---

① 翡冷翠：今译"佛罗伦萨"，意大利中部文化名城。

041

明净的，近谷内不生烟，远山上不起霭，那美秀风景的全部正像画片似的展露在你的眼前，供你闲暇的鉴赏。

作客山中的妙处，尤在你永不须踌躇你的服色与体态；你不妨摇曳着一头的蓬草，不妨纵容你满腮的苔藓；你爱穿什么就穿什么；扮一个牧童，扮一个渔翁，装一个农夫，装一个走江湖的桀卜闪①，装一个猎户；你再不必提心整理你的领结，你尽可以不用领结，给你的颈根与胸膛一半日的自由，你可以拿一条这边艳色的长巾包在你的头上，学一个太平军的头目，或是拜伦那埃及装的姿态；但最要紧的是穿上你最旧的旧鞋，别管他模样不佳，他们是顶可爱的好友，他们承着你的体重却不叫你记起你还有一双脚在你的底下。

这样的玩顶好是不要约伴，我竟想严格的取缔，只许你独身；因为有了伴多少总得叫你分心，尤其是年轻的女伴，那是最危险最专制不过的旅伴，你应得躲避她像你躲避青草里一条美丽的花蛇！平常我们从自己家里走到朋友的家里，或是我们执事的地方，那无非是在同一个大牢里从一间狱室移到另一间狱室去，拘束永远跟着我们，自由永远寻不到我

---

① 即吉卜赛人。

们；但在这春夏间美秀的山中或乡间你要是有机会独身闲逛时，那才是你福星高照的时候，那才是你实际领受，亲口尝味，自由与自在的时候，那才是你肉体与灵魂行动一致的时候。

朋友们，我们多长一岁年纪往往只是加重我们头上的枷，加紧我们脚胫上的链，我们见小孩子在草里在沙堆里在浅水里打滚作乐，或是看见小猫追他自己的尾巴，何尝没有羡慕的时候，但我们的枷，我们的链永远是制定我们行动的上司！所以只有你单身奔赴大自然的怀抱时，像一个裸体的小孩扑入他母亲的怀抱时，你才知道灵魂的愉快是怎样的，单是活着的快乐是怎样的，单就呼吸单就走道单就张眼看耸耳听的幸福是怎样的。

因此你得严格的为己，极端的自私，只许你，体魄与性灵，与自然同在一个脉搏里跳动，同在一个音波里起伏，同在一个神奇的宇宙里自得。我们浑朴的天真是像含羞草似的娇柔，一经同伴的抵触，他就卷了起来，但在澄静的日光下，和风中，他的姿态是自然的，他的生活是无阻碍的。

你一个人漫游的时候，你就会在青草里坐地仰卧，甚至有时打滚，因为草的和暖的颜色自然的唤起你童稚的活泼；

在静僻的道上你就会不自主的狂舞，看着你自己的身影幻出种种诡异的变相，因为道旁树木的阴影在他们纡徐的婆娑里暗示你舞蹈的快乐；你也会得信口的歌唱，偶尔记起断片的音调，与你自己随口的小曲，因为树林中的莺燕告诉你春光是应得赞美的；更不必说你的胸襟自然会跟着漫长的山径开拓，你的心地会看着澄蓝的天空静定，你的思想和着山壑间的水声，山罅里的泉响，有时一澄到底的清澈，有时激起成章的波动，流，流，流入凉爽的橄榄林中，流入妩媚的阿诺河去……

并且你不但不须应伴，每逢这样的游行，你也不必带书。书是理想的伴侣，但你应得带书，是在火车上，在你住处的客室里，不是在你独身漫步的时候。什么伟大的深沉的鼓舞的清明的优美的思想的根源不是可以在风籁中，云彩里，山势与地形的起伏里，花草的颜色与香息里寻得？自然是最伟大的一部书，葛德①说，在他每一页的字句里我们读得最深奥的消息。并且这书上的文字是人人懂得的；阿尔帕

---

① 即歌德（1749—1832），德国诗人、剧作家、思想家。

斯①与五老峰，雪西里②与普陀山，莱因河与扬子江，梨梦湖③与西子湖，建兰与琼花，杭州西溪的芦雪与威尼市④夕照的红潮，百灵与夜莺，更不提一般黄的黄麦，一般紫的紫藤，一般青的青草同在大地上生长，同在和风中波动——他们应用的符号是永远一致的，他们的意义是永远明显的，只要你自己性灵上不长疮瘢，眼不盲，耳不塞，这无形迹的最高等教育便永远是你的名分，这不取费的最珍贵的补剂便永远供你的受用；只要你认识了这一部书，你在这世界上寂寞时便不寂寞，穷困时不穷困，苦恼时有安慰，挫折时有鼓励，软弱时有督责，迷失时有南针⑤。

---

① 即阿尔卑斯山。

② 即西西里岛，地中海中的最大岛屿，属意大利。

③ 即日内瓦湖，又名莱蒙湖。

④ 即威尼斯市。

⑤ 即指南针。

无情的多情
和多情的无情

—— 梁遇春

情人们常常觉得他俩的恋爱是空前绝后的壮举，跟一切芸芸众生的男欢女爱绝不相同。这恐怕也只是恋爱这场黄金好梦里面的幻影罢。其实通常情侣正同博士论文一样地平淡无奇。为着要得博士而写的论文同为着要结婚而发生的恋爱大概是一样没有内容罢。通常的恋爱约略可以分做两类：无情的多情和多情的无情。

一双情侣见面时就倾吐出无限缠绵的话，接吻了无数万次，欢喜得淌下眼泪，分手时依依难舍，回家后不停地吟味过去的欣欢——这是正打得火热的时候。后来时过境迁，两人不得不含着满泡眼泪离散了，彼此各自有个世界，旧的印象逐渐模糊了，新的引诱却不断地现在当前。经过了一段若即若离的时期，终于跟另一爱人又演出旧戏了。此后也许会重演好几次。

或者两人始终保持当初恋爱的形式，彼此的情却都显出离心力，向外发展，暗把种种盛意搁在另一个人身上了。这般人好像天天都在爱的旋涡里，却没有弄清真是爱那一个人，他们外表上是多情，处处花草颠连，实在是无情，心里总只是微温的。他们寻找的是自己的享乐，以"自己"为中心，不知不觉间做出许多残酷的事，甚至于后来还去赏鉴一手包办的悲剧，玩弄那种微酸的凄凉情调，拿所谓痛心的事情来解闷销愁。

天下有许多的眼泪流下来时有种快感，这般人却顶喜欢尝这个精美的甜味。他们爱上了爱情，为爱情而恋爱，所以一切都可以牺牲，只求始终能尝到爱的滋味而已。他们是拿打牌的精神跻进情场，"玩玩罢"是他们的信条。他们有时也假装诚恳，那无非因为可以更玩得有趣些。他们有时甚至于自己也糊涂了，以为真是以全生命来恋爱，其实他们的下意识是了然的。他们好比上场演戏，虽然兴高采烈时忘了自己，居然觉得真是所扮的脚色了，可是心中明知台后有个可以洗去脂粉，脱下戏衫的化装室。他们拿人生最可贵的东西：爱情来玩弄，跟人生开玩笑，真是聪明得近乎大傻子了。这般人我们无以名之，名之为无情的多情人，也就是洋鬼子所谓Sentimental①了。

上面这种情侣可以说是走一程花草缤纷的大路，另一种情侣却是探求奇怪瑰丽的胜境，不辞跋涉崎岖长途，缘着悬岩峭壁屏息而行，总是不懈本志，从无限苦辛里得到更纯净的快乐。他们常拿难题来试彼此的挚情，他们有时现出冷酷的颜色。他们觉得心心既相印了，又何必弄出许多虚文呢？他们心里的热情把他们的思想毫发毕露地照出，他们的感情强烈得清晰有如理智。天下抱定了成仁取义的决心的人干事时总是分寸不乱，行若无事的，这般情人也是神情清爽，绝不慌张的，他们始终是朝一个方向走去，永久抱着同一的深情，他们的目标既是如皎日之高悬，像大山一样稳固，他们的步伐怎么会乱呢？

他们已从默然相对无言里深深了解彼此的心曲，他们那里用得着绝不能明白传达我们意思的言语呢？他们已经各

_____

① 多愁善感的。

048

自在心里矢誓，当然不作无谓的殷勤话儿了。他们把整个人生搁在爱情里，爱存则存，爱亡则亡，他们怎么会拿爱情做人生的装饰品呢？他们自己变为爱情的化身，绝不能再分身跳出圈外来玩味爱情。聪明乖巧的人们也许会嘲笑他们态度太严重了，几十个夏冬急水般的流年何必如是死板板地过去呢；但是他们觉得爱情比人生还重要，可以情死，绝不可为着贪生而断情。他们注全力于精神，所以忽于形迹，所以好似无情，其实深情，真是所谓"多情却似总无情"。我们把这类恋爱叫做多情的无情，也就是洋鬼子所谓Passionate①了。

但是多情的无情有时渐渐化做无情的无情了。这种人起先因为全借心中白热的情绪，忽略外表，有时却因为外面惯于冷淡，心里也不知不觉地淡然了。人本来是弱者，专靠自己心中的魄力，不知道自己魄力的脆弱，就常因太自信了而反坍台。好比那深信具有坐怀不乱这副本领的人，随便冒险，深入女性的阵里，结果常是冷不防地陷落了。

拿宗教来做比喻罢。宗教总是有许多仪式，但是有一般

---

① 热恋的，情意绵绵的。

人觉得我们既然虔信不已，又何必这许多无谓的虚文缛节呢，于是就将这道传统的玩意儿一笔勾销，但是精神老是依着自己，外面无所附着，有时就有支持不起之势，信心因此慢慢衰颓了。天下许多无谓的东西所以值得保存，就因为它是无谓的，可以做个表现各种情绪的工具。老是扯成满月形的弦不久会断了，必定有弛张的时候。睁着眼睛望太阳反见不到太阳，眼睛倒弄晕眩了，必定斜着看才行。老子所谓"无"之为用，也就是在这类地方。

拿无情的多情来细味一下罢。乔治·桑（George Sand）在她的小说里曾经隐约地替自己辩护道："我从来绝没有同时爱着两个人。我绝没有，甚至于在思想里，属于两个人，无论在什么时候。这自然是指当我的情热继续着。当我不再爱一个男人的时候，我并没有骗他。我同他完全绝交了。不错，我也曾设誓，在我狂热时候，永远爱他；我设誓时也是极诚意的。每次我恋爱，总是这么热烈地，完全地。我相信那是我生平第一次，也是最后一次的真恋爱。"

乔治·桑的爱人多极了，这是谁都知道的事情，但是我们不能说她不诚恳。乔治·桑是个伟大的爱人，几千年来像她这样的人不过几个，自然不能当做常例看，但是通常牵情的人们的确有他可爱的地方。他们是最含有诗意的人们，至少他们天天总弄得欢欣地过日子。假使他们没有制造出事实的悲剧，大家都了然这种飞鸿踏雪泥式的恋爱，将人生渲染上一层生气勃勃，清醒活泼的恋爱情调，情人们永久是像朋友那样可分可合，不拿契约来束缚水银般转动自如的爱情，不处在委曲求全的地位，那么整个世界会青春得多了。

唯美派说从一而终的人们是出于感觉迟钝，这句话像唯美派其他的话一样，也有相当的道理。许多情侣多半是始于恋爱，而终于莫名其妙的妥协。他们忠于彼此的婚后生活并不是出于他们恋爱的真挚持久，却是因为恋爱这个念头已经根本枯萎了。法朗士说过："当一个人恋爱的日子已经结束，这个人大可不必活在世上。"高尔基也说："若使没有一个人热烈地爱你，你为什么还活在世上呢？"

然而许多应该早下野，退出世界舞台的人却总是恋栈，情愿无聊赖地多过几年那总有一天结束的生活，却不肯急流勇退，平安地躺在地下，免得世上多一个麻木的人。"生的意志"（Will to live）使人世变成个血肉模糊的战场。它又使人世这么阴森森地见不到阳光。在悲剧里，一个人失败了，死了，他就立刻退场，但是在这幕大悲剧里许多虽生犹死的人们却老占着场面，挡住少女的笑涡。

许多夫妇过一种死水般的生活，他们意志销沉得不想再走上恋爱舞场，这种的忠实有什么可赞美呢？他们简直是冷冰的，连微温情调都没有了，而所谓Passionate的人们一失足，就掉进这个陷阱了。爱情的火是跳动的，需要新的燃料，否则很容易被人世的冷风一下子吹熄了。中国文学里的情人多半是属于第一类的，说得肉麻点，可以叫做卿卿我我式的爱情，外国文学里的情人多半是属于第二类的，可以叫做生生死死的爱情，这当有许多例外，中国有尾生这类痴情的人，外国有屠格涅夫、拜伦等描写的玩弄爱情滋味的人。

失掉的好地狱

——鲁迅

我梦见自己躺在床上，在荒寒的野外，地狱的旁边。一切鬼魂们的叫唤无不低微，然有秩序，与火焰的怒吼，油的沸腾，钢叉的震颤相和鸣，造成醉心的大乐，布告三界：地下太平。

有一伟大的男子站在我面前，美丽，慈悲，遍身有大光辉，然而我知道他是魔鬼。

"一切都已完结，一切都已完结！可怜的鬼魂们将那好的地狱失掉了！"他悲愤地说，于是坐下，讲给我一个他所知道的故事——

"天地作蜂蜜色的时候，就是魔鬼战胜天神，掌握了主宰一切的大威权的时候。他收得天国，收得人间，也收得地狱。他于是亲临地狱，坐在中央，遍身发大光辉，照见一切鬼众。

"地狱原已废弛得很久了：剑树消却光芒；沸油的边际早不腾涌；大火聚①有时不过冒些青烟，远处还萌生曼陀罗花，花极细小，惨白可怜。——那是不足为奇的，因为地上曾经大被焚烧，自然失了他的肥沃。

"鬼魂们在冷油温火里醒来，从魔鬼的光辉中看见地狱小花，惨白可怜，被大蛊惑，倏忽间记起人世，默想至不知几多年，遂同时向着人间，发一声反狱的绝叫。

"人类便应声而起，仗义执言，与魔鬼战斗。战声遍满三界，远过雷霆。终于运大谋略，布大网罗，使魔鬼并且不得不从地狱出走。最后的胜利，是地狱门上也竖了人类的旌旗！

"当鬼魂们一齐欢呼时，人类的整饬地狱使者已临地狱，坐在中央，用了人类的威严，叱咤一切鬼众。

"当鬼魂们又发一声反狱的绝叫时，即已成为人类的叛

---

① 大火聚：佛教术语，猛火聚集之处。

徒，得到永劫沉沦的罚，迁入剑树林的中央。

　　"人类于是完全掌握了主宰地狱的大威权，那威棱且在魔鬼以上。人类于是整顿废弛，先给牛首阿旁①以最高的俸草；而且，添薪加火，磨砺刀山，使地狱全体改观，一洗先前颓废的气象。

　　"曼陀罗花立即焦枯了。油一样沸；刀一样铦；火一样热；鬼众一样呻吟，一样宛转，至于都不暇记起失掉的好地狱。

　　"这是人类的成功，是鬼魂的不幸……

　　"朋友，你在猜疑我了。是的，你是人！我且去寻野兽和恶鬼……"

_____

① 佛教传说中地狱里阎罗王身边的狱卒，牛首人身，名叫"阿旁"。

乌篷船

——周作人

子荣君：

接到手书，知道你要到我的故乡去，叫我给你一点什么指导。老实说，我的故乡，真正觉得可怀恋的地方，并不是那里；但是因为在那里生长，住过十多年，究竟知道一点情形，所以写这一封信告诉你。

我所要告诉你的，并不是那里的风土人情，那是写不尽的，但是你到那里一看也就会明白的，不必啰唆地多讲。我要说的是一种很有趣的东西，这便是船。你在家乡平常总坐人力车，电车，或是汽车，但在我的故乡那里这些都没有，除了在城内或山上是用轿子以外，普通代步都是用船。

船有两种，普通坐的都是"乌篷船"，白篷的大抵作航船用，坐夜航船到西陵去也有特别的风趣，但是你总不便坐，所以我也就可以不说了。乌篷船大的为"四明瓦"（Symenngoa），小的为脚划船（划读如uoa），亦称小船。但是最适用的还是在这中间的"三道"，亦即三明瓦。篷是半圆形的，用竹片编成，中夹竹箬，上涂黑油；在两扇"定篷"之间放着一扇遮阳，也是半圆的，木作格子，嵌着一片片的小鱼鳞，径约一寸，颇有点透明，略似玻璃而坚韧耐用，这就称为明瓦。

三明瓦者，谓其中舱有两道，后舱有一道明瓦也。船尾用橹，大抵两支，船首有竹篙，用以定船。船头着眉目，状如老虎，但似在微笑，颇滑稽而不可怕，唯白篷船则无之。三道船篷之高大约可以使你直立，舱宽可以放下一顶方桌，四个人坐着打麻将，——这个恐怕你也已学会了罢？

小船则真是一叶扁舟，你坐在船底席上，篷顶离你的头有两三寸，你的两手可以搁在左右的舷上，还把手都露出在外边。在这种船里仿佛是在水面上坐，靠近田岸去时泥土便和你的眼鼻接近，而且遇着风浪，或是坐得少不小心，就会船底朝天，发生危险，但是也颇有趣味，是水乡的一种特色。不过你总可以不必去坐，最好还是坐那三道船罢。

你如坐船出去，可是不能像坐电车的那样性急，立刻盼望走到。倘若出城，走三四十里路（我们那里的里程是很短，一里才及英里三分之一），来回总要预备一天。你坐在船上，应该是游山的态度，看看四周物色，随处可见的山，岸旁的乌桕，河边的红蓼和白苹，渔舍，各式各样的桥，困倦的时候睡在舱中拿出随笔来看，或者冲一碗清茶喝喝。

偏门外的鉴湖一带，贺家池，壶觞左近，我都是喜欢的，或者往娄公埠骑驴去游兰亭（但我劝你还是步行，骑驴或者于你不很相宜），到得暮色苍然的时候进城上都挂着薜荔的东门来，倒是颇有趣味的事。倘若路上不平静，你往杭州去时可于下午开船，黄昏时候的景色正最好看，只可惜这一带地方的名字我都忘记了。夜间睡在舱中，听水声橹声，来往船只的招呼声，以及乡间的犬吠鸡鸣，也都很有意思。

雇一只船到乡下去看庙戏，可以了解中国旧戏的真趣味，而且在船上行动自如，要看就看，要睡就睡，要喝酒就喝酒，我觉得也可以算是理想的行乐法。只可惜讲维新以来这些演剧与迎会都已禁止，中产阶级的低能人别在"布业会馆"等处建起"海式"的戏场来，请大家买票看上海的猫儿戏。这些地方你千万不要去。——你到我那故乡，恐怕没有一个人认得，我又因为在教书不能陪你去玩，坐夜船，谈闲天，实在抱歉而且惆怅。川岛君夫妇现在偶山下，本来可以给你介绍，但是你到那里的时候他们恐怕已经离开故乡了。初寒，善自珍重，不尽。

大智若愚

—— 老舍

学会了作文章，（文章不一定就是文艺），而后中了状元，而后无灾无病作到公卿，这恐怕是历来的文人的最如意的算盘。相传既久，心理就不易一时改变过来；于是在今天也许还有不少的人想用文章猎取利禄与声名。可是，这个心理必须改变，因为它正是把文艺置之死地的祸根。

要搞文艺就必先决定去牺牲。你要忘了个人的利益与幸福，你才能作一辈子文人，为文艺而生，为文艺而死。在物质享受上，稿费版税永远不能比囤积走私的来头大；在精神上，思想永远是自取烦恼的东西。相安无事便是一夜无话，文艺也就无从产生。不甘相安无事，你便必苦心焦虑的思索，而后把那最好的，最有价值的话说出来，而后你还要认真的去驳辩，勇敢的作真理的律师。这些，都给你带来痛苦，也许会要掉了脑袋。好话永远不甜蜜悦耳，而真理永远是用生命换得来的。

这样的说来，你假若想要以一半篇作品取个文艺者的头衔，从而展开一条小小的路径，去弄点钱花，娶个相当漂亮的太太，或且作一番与文艺无关的事业，则似乎大可不必，因为文艺最忌敷衍，最忌脚踩两只船；顶好卖什么吆喝什么，大不该只在"好玩"，或"方便"上耍些玄虚。

只要你一想到为文艺服役，你就须马上想到一切苦处，像要去作和尚那样斩尽尘根，硬是准备满身虱子连搔也不去搔一下！你要知道，凡是要救世的都须忘了自己，丧掉了自己的生命。

你要准备下那最高的思想与最深的感情，好长出文艺的花朵，切不可只在文字上用工夫，以文字为神符。文字不过是文艺的工具。一把好锯并不能使人变为好木匠。

即使那是真的，你也不要先去揣摩某人怎么仗着舅舅的力量而印出两本书，或某人怎么出巧计而作了编辑，从而千方百计的去仿效。文艺中无巧可取，你千万别自骗骗人！你知道，文艺者对别人是"大智"，对自己却是"大愚"！

辑二

春风有信，
花开有期

翠湖心影

——昆明忆旧之一

——汪曾祺

　　有一个姑娘，牙长得好。有人问她："姑娘，你多大了？"

　　"十七。"

　　"住在哪里？"

　　"翠湖西。"

　　"爱吃什么？"

　　"辣子鸡。"

　　过了两天，姑娘摔了一跤，磕掉了门牙。人问她："姑娘多大了？"

　　"十五。"

"住在哪里？"

"翠湖。"

"爱吃什么？"

"麻婆豆腐。"

这是我在四十四年前听到的一个笑话。当时觉得很无聊（是在一个座谈会上听一个本地才子说的）。现在想起来觉得很亲切。因为它让我想起翠湖。

昆明和翠湖分不开，很多城市都有湖。杭州西湖、济南大明湖、扬州瘦西湖。然而这些湖和城的关系都还不是那样密切。似乎把这些湖挪开，城市也还是城市。翠湖可不能挪开。没有翠湖，昆明就不成其为昆明了。翠湖在城里，而且几乎就挨着市中心。城中有湖，这在中国，在世界上，都是不多的。说某某湖是某某城的眼睛，这是一个俗得不能再俗的比喻了。然而说到翠湖，这个比喻还是躲不开。只能说：翠湖是昆明的眼睛。有什么办法呢，因为它非常贴切。

翠湖是一片湖，同时也是一条路。城中有湖，并不妨碍交通。湖之中，有一条很整齐的贯通南北的大路。从文林街、先生坡、府甬道，到华山南路、正义路，这是一条直达的捷径。——否则就要走翠湖东路或翠湖西路，那就绕远多了。

昆明人特意来游翠湖的也有，不多。多数人只是从这里穿过。翠湖中游人少而行人多。但是行人到了翠湖，也就成了游人了。从喧嚣扰攘的闹市和刻板枯燥的机关里，匆匆忙忙地走过来，一进了翠湖，即刻就会觉得浑身轻松下来；生活的重压、柴米油盐、委屈烦恼，就会冲淡一些。人们不知不觉地放慢了脚步，甚至可以停下来；在路边的石凳上坐一坐，抽一支烟，四边看看。即使仍在匆忙地赶路，人在湖光树影中，精神也很不一样了。翠湖每天每日，给了昆明人多少浮世的安慰和精神的疗养啊。因此，昆明人——包括外来的游子，对翠湖充满感激。

翠湖这个名字起得好！湖不大，也不小，正合适。小了，不够一游；太大了，游起来怪累。湖的周围和湖中都有堤。堤边密密地栽着树。树都很高大。主要的是垂柳。"秋尽江南草未凋"，昆明的树好像到了冬天也还是绿的。尤其是雨季，翠湖的柳树真是绿得好像要滴下来。湖水极清。我的印象里翠湖似没有蚊子。夏天的夜晚，我们在湖中漫步或在堤边浅草中坐卧，好像都没有被蚊子咬过。

湖水常年盈满。我在昆明住了七年，没有看见过翠湖干得见了底。偶尔接连下了几天大雨,湖水涨了,湖中的大路也被淹没,不能通过了。但这样的时候很少。翠湖的水不深。浅处没膝,深处也不过齐腰。因此没有人到这里来自杀。我们有一个广东籍的同学,因为失恋,曾投过翠湖。但是他下湖在水里走了一截,又爬上来了。因为他大概还不太想死,而且翠湖里也淹不死人。

翠湖不种荷花,但是有许多水浮莲。肥厚碧绿的猪耳状的叶子,开着一望无际的粉紫色的蝶形的花,很热闹。我是在翠湖才认识这种水生植物的。我以后也再也没看到过这样大片大片的水浮莲。湖中多红鱼,很大,都有一尺多长。这些鱼已经习惯于人声脚步,见人不惊,整天只是安安静静地,悠然地浮沉游动着。有时夜晚从湖中大路上过,会忽然拨剌一声,从湖心跃起一条极大的大鱼,吓你一跳。湖水、柳树、粉紫色的水浮莲、红鱼,共同组成一个印象:翠。

一九三九年的夏天,我到昆明来考大学,寄住在青莲街的同济中学的宿舍里,几乎每天都要到翠湖。学校已经发了榜,还没有开学,我们除了骑马到黑龙潭、金殿,坐船到大观楼,就是到翠湖图书馆去看书。这是我这一生去过次数最多的一个图书馆,也是印象极佳的一个图书馆。图书馆不大，形制有一点像一个道观。非常安静整洁。有一个侧院，院里种了好多盆白茶花。这些白茶花有时整天没有一个人来看它，就只是安安静静地欣然地开着。图书馆的管理员是一个妙人。他没有准确的上下班时间。有时我们去得早了，他还没有来，门没有开，我们就在外面等着。他来了，谁也不理，开了门，走进阅览室，把壁上一个不走的挂钟的时针"喀拉拉"一拨，拨到八点，这就上班了，开始借书。

这个图书馆的藏书室在楼上。楼板上挖出一个长方形的洞，从洞里用绳子吊下一个长方形的木盘。借书人开好借书单，——管理员把借书单叫做"飞子"，昆明人把一切不大的纸片都叫做"飞子"，——买米的发票、包裹单、汽车票，都叫"飞子"，——这位管理员看一看，放在木盘里，一拽旁边的铃铛，"当啷啷"，木盘就从洞里吊上去了。——上面大概有个滑车。不一会，上面拽一下铃铛，木盘又系了下来，你要的书来了。这种古老而有趣的借书手续我以后再也没有见过。

这个小图书馆藏书似不少，而且有些善本。我们想看的书大都能够借到。过了两三个小时，这位干瘦而沉默的有点像陈老莲画出来的古典的图书管理员站起来，把壁上不走的挂钟的时针"喀拉拉"一拨，拨到十二点：下班！我们对他这种以意为之的计时方法完全没有意见。因为我们没有一定要看完的书，到这里来只是享受一点安静。我们的看书，是没有目的的，从《南诏国志》到福尔摩斯，逮什么看什么。

翠湖图书馆现在还有么？这位图书管理员大概早已作古了。不知道为什么，我会常常想起他来，并和我所认识的几个孤独、贫穷而有点怪僻的小知识分子的印象掺和在一起，越来越鲜明。总有一天，这个人物的形象会出现在我的小说里的。

翠湖的好处是建筑物少。我最怕风景区挤满了亭台楼阁。除了翠湖图书馆，有一簇洋房，是法国人开的翠湖饭店。这所饭店似乎是终年空着的。大门虽开着，但我从未见过有人进去，不论是中国人还是法国人。此外，大路之东，有几间黑瓦朱栏的平房，狭长的，按形制似应该叫做"轩"。也许里面是有一方题作什么轩的横匾的，但是我记不得了。也许根本没有。轩里有一阵曾有人卖过面点，大概因为生意不好，停歇了。轩内空荡荡的，没有桌椅。只在廊下有一个卖"糠虾"的老婆婆。"糠虾"是只有皮壳没有肉的小虾。晒干了，卖给游人喂鱼。花极少的钱，便可从老婆婆手里买半碗，一把一把撒在水里，一尺多长的红鱼就很兴奋地游过来，抢食水面的糠虾，唼喋有声。糠虾喂完，人鱼俱散，轩中又是空荡荡的，剩下老婆婆一个人寂然地坐在那里。

路东伸进湖水，有一个半岛。半岛上有一个两层的楼阁。阁上是个茶馆。茶馆的地势很好，四面有窗，入目都是湖水。夏天，在阁子上喝茶，很凉快。这家茶馆，夏天，是到了晚上还卖茶的（昆明的茶馆都是这样，收市很晚），我们有时会一直坐到十点多钟。茶馆卖盖碗茶，还卖炒葵花子、南瓜子、花生米，都装在一个白铁敲成的方碟子里，昆明的茶馆计账的方法有点特别：瓜子、花生，都是一个价钱，按碟算。喝完了茶，"收茶钱！"堂倌走过来，数一数碟子，就报出个钱数。

我们的同学有时临窗饮茶，嗑完一碟瓜子，随手把铁皮碟往外一扔，"pia——"，碟子就落进了水里。堂倌算账，还是照碟算。这些堂倌们晚上清点时，自然会发现碟子少了，并且也一定会知道这些碟子上哪里去了。但是从来没有一次收茶钱时因此和顾客吵起来过；并且在提着大铜壶用"凤凰三点头"手法为客人续水时也从不拿眼睛"贼"着客人。把瓜子碟扔进水里，自然是不大道德。不过堂倌不那么斤斤计较的风度却是很可佩服的。

除了到昆明图书馆看书，喝茶，我们更多的时候是到翠湖去"穷遛"。这"穷遛"有两层意思，一是不名一钱地遛，一是无穷无尽地遛。"园日涉以成趣"，我们遛翠湖没有个够的时候。尤其是晚上，踏着斑驳的月光树影，可以在湖里一遛遛好几圈。一面走，一面海阔天空，高谈阔论。我们那时都是二十岁上下的人，似乎有很多话要说，可说，我们都说了些什么呢？我现在一句都记不得了！

我是一九四六年离开昆明的。一别翠湖，已经三十八年了，时间过得真快！

我是很想念翠湖的。

前几年，听说因为搞什么"建设"，挖断了水脉，翠湖没有水了。我听了，觉得怅然，而且，愤怒了。这是怎么搞的！谁搞的？翠湖会成了什么样子呢？那些树呢？那些水浮莲呢？那些鱼呢？

最近听说，翠湖又有水了，我高兴！我当然会想到这是三中全会带来的好处。这是拨乱反正。

但是我又听说，翠湖现在很热闹，经常举办"蛇展"什么的，我又有点担心。这又会成了什么样子呢？我不反对翠湖游人多，甚至可以有游艇，甚至可以设立摊篷卖破酥包子、焖鸡米线、冰激凌、雪糕，但是最好不要搞"蛇展"。我希望还我一个明爽安静的翠湖。我想这也是很多昆明人的希望。

世故三昧

——鲁迅

人世间真是难处的地方，说一个人"不通世故"，固然不是好话，但说他"深于世故"也不是好话。"世故"似乎也像"革命之不可不革，而亦不可太革"一样，不可不通，而亦不可太通的。

然而据我的经验，得到"深于世故"的恶谥者，却还是因为"不通世故"的缘故。

现在我假设以这样的话，来劝导青年人——"如果你遇见社会上有不平事，万不可挺身而出，讲公道话，否则，事情倒会移到你头上来，甚至于会被指作反动分子的。如果你遇见有人被冤枉，被诬陷的，即使明知道他是好人，也万不可挺身而出，去给他解释或分辩，否则，你就会被人说是他的亲戚，或得了他的贿赂；倘使那是女人，就要被疑为她的情人的；如果他较有名，那便是党羽。

　　例如我自己罢，给一个毫不相干的女士做了一篇信札集的序，人们就说她是我的小姨；绍介一点科学的文艺理论，人们就说得了苏联的卢布。亲戚和金钱，在目下的中国，关系也真是大，事实给与了教训，人们看惯了，以为人人都脱不了这关系，原也无足深怪的。

　　"然而，有些人其实也并不真相信，只是说着玩玩，有趣有趣的。即使有人为了谣言，弄得凌迟碎剐，像明末的郑鄤[1]那样了，和自己也并不相干，总不如有趣的紧要。这时你如果去辨正，那就是使大家扫兴，结果还是你自己倒楣。

　　"我也有一个经验，那是十多年前，我在教育部里做'官僚[2]'，常听得同事说，某女学校的学生，是可以叫出来嫖的，连机关的地址门牌，也说得明明白白。有一回我偶然

---

[1] 郑鄤：号峚阳，江苏武进（今常州市）人，明代天启年间进士。崇祯时被人诬告不孝杖母，结果被凌迟处死。

[2] 官僚：陈西滢攻击鲁迅的话。

走过这条街，一个人对于坏事情，是记性好一点的，我记起来了，便留心着那门牌，但这一号，却是一块小空地，有一口大井，一间很破烂的小屋，是几个山东人住着卖水的地方，决计做不了别用。待到他们又在谈着这事的时候，我便说出我的所见来，而不料大家竟笑容尽敛，不欢而散了，此后不和我谈天者两三月。我事后才悟到打断了他们的兴致，是不应该的。

"所以，你最好是莫问是非曲直，一味附和着大家；但更好是不开口；而在更好之上的是连脸上也不显出心里的是非的模样来……"

这是处世法的精义，只要黄河不流到脚下，炸弹不落在身边，可以保管一世没有挫折的。但我恐怕青年人未必以我的话为然；便是中年，老年人，也许要以为我是在教坏了他们的子弟。呜呼，那么，一片苦心，竟是白费了。

然而倘说中国现在正如唐虞盛世，却又未免是"世故"之谈。耳闻目睹的不算，单是看看报章，也就可以知道社会上有多少不平，人们有多少冤抑。但对于这些事，除了有时或有同业，同乡，同族的人们来说几句呼吁的话之外，利害无关的人的义愤的声音，我们是很少听到的。这很分明，是大家不开口；或者以为和自己不相干；或者连"以为和自己不相干"的意思也全没有。"世故"深到不自觉其"深于世故"，这才真是"深于世故"的了。这是中国处世法的精义中的精义。

而且，对于看了我的劝导青年人的话，心以为非的人物，我还有一下反攻在这里。他是以我为狡猾的。但是，我的话里，一面固然显示着我的狡猾，而且无能，但一面也显示着社会的黑暗。他单责个人，正是最稳妥的办法，倘使兼责社会，可就得站出去战斗了。责人的"深于世故"而避开了"世"不谈，这是更"深于世故"的玩艺，倘若自己不觉得，那就更深更深了，离三昧境盖不远矣。

不过凡事一说，即落言筌，不再能得三昧。说"世故三昧"者，即非"世故三昧"。三昧真谛，在行而不言；我现在一说"行而不言"，却又失了真谛，离三昧境盖益远矣。

一切善知识，心知其意可也，唵①！

---

① 唵：佛经咒语的发声词。

烂柯纪梦

——郁达夫

晋王质，伐木至石室中，见童子四人弹琴而歌，质因倚柯听之。童子以一物如枣核与质，质含之便不复饥。俄顷，童子曰："其归！"承声而去，斧柯摧然烂尽。既归，质去家已数十年，亲情凋落，无复向时比矣。

这传说，小时候就听到了，大约总是喜欢念佛的老祖母讲给我们孩子听的神仙故事。和这故事联合在一起的，还有一张习字的时候用的方格红字，叫作"王子去求仙，丹成入九天，山中方七日，世上已千年"。我的所以要把这些儿时的记忆，重新唤起的原因，不过想说一句这故事的普遍流传而已。

是以樵子入山，看神仙对弈，斧柯烂尽的事情，各处深山里都可以插得进去，也真怪不得中国各地，有烂柯的遗迹至十余处之多了。但衢州的烂柯山，却是《道书》上所说的"青霞第八洞天"，亦名"景华洞天"的所在，是大家所公认的这烂柯故事的发源本土，也是从金华来衢州游历的人非到不可的地方，故而到衢州的翌日，我们就出发去游柯山（衢州人叫烂柯山都只称柯山）。

十月阳和，本来就是小春的天气，可是我们到烂柯山的那天，觉得比平时的十月，还更加和暖了几分。所以从衢州的小南门出来，打桑树柏树很多的田野里经过，一路上看山看水，走了十六七里路后，在仙寿亭前渡沙步溪，一直到了石桥寺即宝岩寺的脚下，向寺后山上一个通天的大洞看了一眼的时候，方才同从梦里醒转来的人一样，整了一整精神。烂柯山的这一根石梁，实在是伟大，实在是奇怪。

出衢州的南门的时候，眼面前只看得出一排隐隐的青山而已；南门外的桑麻野道，野道旁的池沼清溪，以及牛羊村集，草舍蔗田，风景虽则清丽，但也并不觉得特别的好。可是在仙寿亭前过渡的瞬间，一看那一条澄清澈底的同大江般的溪水，心里已经有点发痒似的想叫起来了，殊不知入山三里，在青葱环绕着的极深奥的区中，更来了这巨人撑足直立似的一个大洞；立在山下，远远望去，就可以从这巨人的胯下，看出后面的一弯碧绿碧绿的青天，云烟缥缈，山意悠闲，清通灵秀，只觉得是身到了别一个天地；一个在城市里住久的俗人，忽入此境，那能够叫他不目瞪口呆，暗暗里要想到成仙成佛的事情上去呢？

石桥寺，即宝岩寺，在烂柯山的南麓，虽说是梁时创建的古刹，但建筑却已经摧毁得不得了了。寺后上山，踏石级走里把路，就可以到那条石梁或石桥的洞下；洞高二十多丈，宽三十余丈，南北的深约三五丈，真像是悬空从山间凿出来的一条石桥，不过平常的桥梁，决没有这样高大的桥洞而已。石桥的上面，仍旧是层层的岩石，洞上一层，也有中空的一条石缝，爬上去俯身一看，是可以看得出天来的，所谓一线天者，就系指这一条小缝而言。再上去，是石桥的顶上，平坦可以建屋，从前有一个塔，造在这最高峰上，现在却只能看出一堆高高突起的瓦砾，塔是早已倾圮尽了。

石桥下南洞口，有一块圆形岩石蹲伏在那里，石的右旁的一个八角亭，就是所谓迟日亭。这亭的高度，总也有三五丈的样子，但你若跑上北面离柯山略远的小山顶上去瞭望过来，只觉得是一堆小小的木堆，塞在洞的旁边。石桥洞底壁上，右首刻着明郡守杨子臣写的"烂柯仙洞"四个大字，左首刻着明郡守李遂写的"天生石梁"四个大字，此外还有许多小字的题名记载的石刻，都因为沙石岩容易风化的缘故，已经剥落得看不清楚了。石桥洞下，有十余块断碑残碣，纵横堆叠在那里。三块宋碑的断片，字迹飞舞雄伟，比黄山谷更加有劲。可惜中国人变乱太多，私心太重，这些旧迹名碑，都已经断残缺裂到了不可收拾的地步。《烂柯山志》编者，在"金石部"下有一段记事说：

　　名碑古物之毁于兵燹，宜也；但烂柯山之金石，不幸竟三次被毁于文人，岂非怪事？所谓文人的毁碑，有两次是因建寺而将这些石碑抬了去填过屋基，有一次系一不知姓名者来寺拓碑，拓后便私自将那些较古的碑石凿断敲裂，使后人不复有再见一次的机会。

烂柯山南麓，在上山去的石级旁边，还有许多翁仲石马，乱倒在荒榛漫草之中。翻《烂柯山志》一查，才知道明四川巡抚徐忠烈公，葬在此地，俗称徐天官墓者，就是此处。

在柯山寺的前前后后，赏玩了两三个钟头，更在寺里吃了一顿午饭，我们就又在暖日之下，和做梦似的回到了衢州，因为衢州城里还有几处地方，非去看一下不可。

一是在豆腐铺作场后面的那座天王塔。

二是城东北隅吴征虏将军郑公舍宅而建的那个古刹祥符寺。

三是孔子家庙及庙内所藏的子贡手刻的楷木孔子及夫人亓官氏像。

这三处当然是以孔庙和楷木孔子像最为一般人所知道，数千年来的国宝，实在是不容易见到的稀世奇珍。

陪我们去孔庙的，是三衢医院的院长孔熊瑞先生，系孔子第七十三代的裔孙。楷木像藏在孔庙西首的一间楼上，像各高尺余，孔子是朝服执圭的一个坐像，亓官夫人的也是一样的一个，但手中无圭。两像颜色苍黑，刻划遒劲，决不是近代人的刀势。据孔先生告诉我们的话，则这两像素来就说是出于端木子贡之手刻，宋南渡时由衍圣公孔端友抱负来衢，供在家庙的思鲁阁上；即以来衢州后的年限来说，也已经有八九百年的历史了。孔子像的面貌，同一般的画像并不相同，两眼及鼻子很大，颧骨不十分高，须分三挂，下垂及拱起的手际，耳朵也比常人大一点儿。孔子的一个圭，一挂须及一只耳朵，已经损坏了，现在的系后人补刻嵌入的，刀法和刻纹，与原刻的一比，显见得后人的笔势来得软弱。

孔庙正中殿上，尚有孔子塑像一尊，东西两庑，各有迁衢始祖衍圣公孔端友等的塑像数尊，西首思鲁阁下，还有石刻吴道子画的孔子像碑一块；一座家庙，形式格局，完全是圣庙的大成至圣先师之殿。我虽则还不曾到过曲阜，但在这衢州的孔庙内巡视了一下，闭上眼睛，那座圣地的殿堂，仿佛也可以想象得出来了。

衢州西安门外，新河沿下的浮桥边，原也有江干的花市在的，但比到兰溪的江山船，要逊色得多，所以不纪。

潭柘寺 戒坛寺

—— 朱自清

　　早就知道潭柘寺，戒坛寺。在商务印书馆的《北平指南》上，见过潭柘的铜图，小小的一块，模模糊糊的，看了一点没有想去的意思。后来不断地听人说起这两座庙；有时候说路上不平静，有时候说路上红叶好。说红叶好的劝我秋天去；但也有人劝我夏天去。

　　有一回骑驴上八大处，赶驴的问逛过潭柘没有，我说没有。他说潭柘风景好，那儿满是老道，他去过，离八大处七八十里地，坐轿骑驴都成。我不大喜欢老道的装束，尤其是那满蓄着的长头发，看上去啰里啰唆，龌里龌龊的。更不想骑驴走七八十里地，因为我知道驴子与我都受不了。

真打动我的倒是"潭柘寺"这个名字。不懂不是？就是不懂的妙。躲懒的人念成"潭拓寺"，那更莫名其妙了。这怕是中国文法的花样；要是来个欧化，说是"潭和柘的寺"，那就用不着咬嚼或吟味了。还有在一部诗话里看见近人咏戒台松的七古，诗腾挪夭矫，想来松也如此。所以去。但是在夏秋之前的春天，而且是早春；北平的早春是没有花的。

这才认真打听去过的人。有的说住潭柘好，有的说住戒坛好。有的人说路太难走，走到了筋疲力尽，再没兴致玩儿；有人说走路有意思。又有人说，去时坐了轿子，半路上前后两个轿夫吵起来，把轿子搁下，直说不抬了。于是心中暗自决定，不坐轿，也不走路；取中道，骑驴子。又按普通说法，总是潭柘寺在前，戒坛寺在后，想着戒坛寺一定远些；于是决定住潭柘，因为一天回不来，必得住。门头沟下车时，想着人多，怕雇不着许多驴，但是并不然——雇驴的时候，才知道戒坛去便宜一半，那就是说近一半。这时候自己忽然逞起能来，要走路。走吧。

这一段路可够瞧的。像是河床，怎么也挑不出没有石子的地方，脚底下老是绊来绊去的，教人心烦。又没有树木，甚至于没有一根草。这一带原是煤窑，拉煤的大车往来不绝，尘土里饱和着煤屑，变成黯淡的深灰色，教人看了透不出气来。

走一点钟光景。自己觉得已经有点办不了，怕没有走到便筋疲力尽；幸而山上下来一条驴，如获至宝似的雇下，骑上去。这一天东风特别大。平常骑驴就不稳，风一大真是祸不单行。山上东西都有路，很窄，下面是斜坡；本来从西边走，驴夫看风势太猛，将驴拉上东路。就这么着，有一回还几乎让风将驴吹倒；若走西边，没有准儿会驴我同归哪。想起从前人画风雪骑驴图，极是雅事；大概那不是上潭柘寺去的。驴背上照例该有些诗意，但是我，下有驴子，上有帽子眼镜，都要照管；又有迎风下泪的毛病，常要掏手巾擦干。当其时真恨不得生出第三只手来才好。

东边山峰渐起，风是过不来了；可是驴也骑不得了，说是坎儿多。坎儿可真多。这时候精神倒好起来了：崎岖的路正可以练腰脚，处处要眼到心到脚到，不像平地上。人多更有点竞赛的心理，总想走上最前头去，再则这儿的山势虽然说不上险，可是突兀，丑怪，巉刻的地方有的是。我们说这才有点儿山的意思；老像八大处那样，真教人气闷闷的。于是一直走到潭柘寺后门；这段坎儿路比风里走过的长一半，小驴毫无用处，驴夫说："咳，这不过给您做个伴儿！"

墙外先看见竹子，且不想进去。又密，又粗，虽然不够绿。北平看竹子，真不易。又想到八大处了，大悲庵殿前那一溜儿，薄得可怜，细得也可怜，比起这儿，真是小巫见大巫了。进去过一道角门，门旁突然亭亭地矗立着两竿粗竹子，在墙上紧紧地挨着；要用批文章的成语，这两竿竹子足称得起"天外飞来之笔"。

正殿屋角上两座琉璃瓦的鸱吻，在台阶下看，值得徘徊一下。神话说殿基本是青龙潭，一夕风雨，顿成平地，涌出两鸱吻。只可惜现在的两座太新鲜，与神话的朦胧幽秘的境界不相称。但是还值得看，为的是大得好，在太阳里嫩黄得好，闪亮得好；那拴着的四条黄铜链子也映衬得好。寺里殿很多，层层折折高上去，走起来已经不平凡，每殿大小又不一样，塑像摆设也各出心裁。看完了，还觉得无穷无尽似的。

正殿下延清阁是待客的地方，远处群山像屏障似的。屋子结构甚巧，穿来穿去，不知有多少间，好像一所大宅子。可惜尘封不扫，我们住不着。话说回来，这种屋子原也不是预备给我们这么多人挤着住的。寺门前一道深沟，上有石桥；那时没有水，或是现在去，倚在桥上听潺潺的水声，倒也可以忘我忘世。过桥四株马尾松，枝枝覆盖，叶叶交通，另成一个境界。

西边小山上有个古观音洞。洞无可看，但上去时在山坡上看潭柘的侧面，宛如仇十洲的《仙山楼阁图》；往下看是陡峭的沟岸，越显得深深无极，潭柘简直有海上蓬莱的意味了。寺以泉水著名，到处有石槽引水长流，倒也涓涓可爱。只是流觞亭雅得那样俗，在石地上楞刻着蚯蚓般的槽；那样流觞，怕只有孩子们愿意干。现在兰亭的"流觞曲水"也和这儿的一鼻孔出气，不过规模大些。晚上因为带的铺盖薄，冻得睁着眼，却听了一夜的泉声；心里想要不冻着，这泉声够多清雅啊！寺里并无一个老道，但那几个和尚，满身铜臭，满眼势利，教人老不能忘记，倒也麻烦的。

第二天清早，二十多人满雇了牲口，向戒坛而去，颇有浩浩荡荡之势。我的是一匹骡子，据说稳得多。这是第一回，高高兴兴骑上去。这一路要翻罗喉岭。只是土山，可是道儿窄，又曲折；虽不高，老那么凸凸凹凹的。许多处只容得一匹牲口过去。平心说，是险点儿。想起古来用兵，从间道袭敌人，许也是这种光景吧。

戒坛在半山上，山门是向东的。一进去就觉得平旷；南面只有一道低低的砖栏，下边是一片平原，平原尽处才是山，与众山屏蔽的潭柘气象便不同。进二门，更觉得空阔疏朗，仰看正殿前的平台，仿佛汪洋千顷。这平台东西很长，是戒坛最胜处，眼界最宽，教人想起"振衣千仞冈"的诗句。三株名松都在这里。"卧龙松"与"抱塔松"同是偃仆的姿势，身躯奇伟，鳞甲苍然，有飞动之意。"九龙松"老干槎枒，如张牙舞爪一般。若在月光底下，森森然的松影当更有可看。此地最宜低徊流连，不是匆匆一览所可领略。

潭柘以层折胜，戒坛以开朗胜；但潭柘似乎更幽静些。戒坛的和尚，春风满面，却远胜于潭柘的；我们之中颇有悔不该在潭柘的。戒坛后山上也有个观音洞。洞宽大而深，大家点了火把嚷嚷闹闹地下去；半里光景的洞满是油烟，满是声音。洞里有石虎，石龟，上天梯，海眼等等，无非是凑凑人的热闹而已。

还是骑骡子。回到长辛店的时候，两条腿几乎不是我的了。

泪与笑

——梁遇春

匆匆过了二十多年，我自然也是常常哭，常常笑，别人的啼笑也看过无数回了。可是我生平不怕看见泪，自己的热泪也好，别人的呜咽也好；对于几种笑我却会惊心动魄，吓得连呼吸都不敢大声，这些怪异的笑声，有时还是我亲口发出的。

当一位极亲密的朋友忽然说出一句冷酷无情冰一般的冷话来，而且他自己还不知道他说的会使人心寒，这时候我们只好哈哈哈莫名其妙地笑了，因为若使不笑，叫我们怎么样好呢？我们这个强笑或者是出于看到他真正的性格（他这句冷语所显露的）和我们先前所认为的他的性格的矛盾，或者是我们要勉强这么一笑来表示我们是不会给他的话所震动，我们自己另有一个超乎一切的生活，他的话是不能损坏我们于毫发的，或者……但是那时节我们只觉到不好不这么大笑一声，所以才笑，实在也没有闲暇去仔细分析自己了。

当我们心里有说不出的苦痛缠着，正要向人细诉，那时我们平时尊敬的人却用个极无聊的理由（甚至于最卑鄙的）来解释我们这穿过心灵的悲哀，看到这深深一层的隔膜，我们除开无聊赖地破涕为笑，还有什么别的办法吗？有时候我们倒霉起来，整天从早到晚做的事没有一件不是失败的，到晚上疲累非常，懊恼万分，悔也不是，哭也不是，也只好咽下眼泪，空心地笑着。

我们一生忙碌，把不可再得的光阴消磨在马蹄轮铁，以及无谓敷衍之间，整天打算，可是自己不晓得为甚这么费心机，为了要活着用尽苦心来延长这生命，却又不觉得活着到底有何好处，自己并没有享受生活过，总之黑漆一团活着，夜阑人静，回头一想，那能够不吃吃地笑，笑时感到无限的生的悲哀。

就说我们淡于生死了，对于现世界的厌烦同人事的憎恶还会像毒蛇般蜿蜒走到面前，缠着身上，我们真可说倦于一切，可惜我们也没有爱恋上死神，觉得也不值得花那么大劲去求死，在此不生不死心境里，只见伤感重重来袭，偶然挣些力气，来叹几口气，叹完气免不了失笑，那笑是多么酸苦的。

这几种笑声发自我们的口里，自己听到，心中生个不可言喻的恐怖，或者又引起另一个鬼似的狞笑。若使是由他人口里传出，只要我们探讨出它们的源泉，我们也会惺惺惜惺惺而心酸，同时害怕得全身打战。此外失望人的傻笑，下头人挨了骂对于主子的陪笑，趾高气扬的热官对于贫贱故交的冷笑，老处女在他人结婚席上所呈的干笑，生离永别时节的苦笑——这些笑全是"自然"跟我们为难，把我们弄得没有办法，我们承认失败了的表现，是我们心灵的堡垒下面刺目的降幡。莎士比亚的妙句"对着悲哀微笑"（smiling at grief）说尽此中的苦况。拜伦在他的杰作 *Don Juan*[①] 里有二句：

Of all tales'tis the saddest——and more sad,
Because it makes us smile.[②]

---

① 《唐璜》。

② 英语的大意为：此为所有故事中最悲惨的——更令人伤神，因为它竟使人听了发笑。

这两句是我愁闷无聊时所喜欢反复吟诵的，因为真能传出"笑"的悲剧的情调。

泪却是肯定人生的表示。因为生活是可留恋的，过去是春天的日子，所以才有伤逝的清泪。若使生活本身就不值得我们的一顾，我们那里会有惋惜的情怀呢？当一个中年妇人死了丈夫时候，她号啕地大哭，她想到她儿子这么早失丢了父亲，没有人指导，免不了伤心流泪，可是她隐隐地对于这个儿子有无穷的慈爱同希望。她的儿子又死了，她或者会一声不做地料理丧事，或者发疯狂笑起来，因为她已厌倦于人生，她微弱的心已经麻木死了。我每回看到人们的流泪，不管是失恋的刺痛，或者丧亲的悲哀，我总觉人世真是值得一活的。眼泪真是人生的甘露。

当我是小孩时候，常常觉得心里有说不出的难过，故意去臆造些伤心事情，想到有味时候，有时会不觉流下泪来，那时就感到说不出的快乐。现在却再寻不到这种无根的泪痕了。哪个有心人不爱看悲剧，亚里士多德所说的净化的确不错。我们精神所纠结郁积的悲痛随着台上的凄惨情节发出来，哭泣之后我们有形容不出的快感，好似精神上吸到新鲜空气一样，我们的心灵忽然间呈非常健康的状态。

Gogol[①]的著作人们都说是笑里有泪，实在正是因为后面有看不见的泪，所以他小说会那么诙谐百出，对于生活处处有回甘的快乐。中国的诗词说高兴赏心的事总不大感人，谈愁语恨却是易工，也由于那些怨词悲调是泪的结晶，有时会逗我们洒些同情的泪，所以亡国的李后主，感伤的李义山始终是我们爱读的作家。天下最爱哭的人莫过于怀春的少女同情海中翻身的青年，可是他们的生活是最有力，色彩最浓，最不虚过的生活。人到老了，生活力渐渐消磨尽了，泪泉也干了，剩下的只是无可无不可那种行将就木的心境和好像慈祥实在是生的疲劳所产生的微笑——我所怕的微笑。十八世纪初期浪漫派诗人格雷在他的 *On a Distant Prospect of Eton College*[②] 里说：

流下也就忘记了的泪珠，那是照耀心胸的阳光。（The tear forgot as soon as shed, The sunshine of the breast.）

这些热泪只有青年才会有，它是同青春的幻梦同时消灭的，泪尽了，个个人心里都像苏东坡所说的"存亡惯见浑无泪"那样的冷淡了，坟墓的影已染着我们的残年。

---

① 果戈里（1809—1852），俄国作家。

②《伊顿远眺》。

从容弘法的感悟

——李叔同

　　从我出家以后，一直到现在，近二十年的时间里，我一直在修持戒律，并且一直不曾化缘、修庙、剃度徒众，也不曾做过住持或监院之类的职务，甚至极少接受一般人的供养。有的时候供养确实是无法推却，只好收下，然后转给寺庙。至于我个人的日常花用，一般由我过去的几位朋友或学生来赞助的。

　　因为我自开始修持戒律后，从律学的角度来讲，随便收受他人的馈赠，即便是施主真心真意的供养，也是犯了五戒中的盗戒；再者说，随便收受他人的馈赠，会滋养恶习，不利于修行，更不利于佛法的参悟。所以，我对金钱方面的事情，极为注意，丝毫不敢懈怠。记得我在出家后的第三年时，有一位上海的居士寄钱给我，让我买僧衣和日常用品，我把钱退了回去，并婉言相告表示谢意。

在我出家的这二十年时间里，我先后在杭州的玉泉寺、嘉兴精严寺、衢州莲华寺、温州庆福寺等数十处寺庙住过，其中在温州的时间最长。现在这几年一直住在闽南，主要是在泉州和厦门。在闽南的这段时间，我一直是在写书，并将写成的书向僧众们讲解，将宣传戒律的决心付诸于行动。

在闽南是我宣扬戒律最重要的时期，而其间让我感到欣慰的是，每到一处讲解戒律时，都会有众多的僧人前来听录，他们都非常认真。这前后跟我经常在一起的有性常、义俊、瑞今、广洽等十余人，他们都为我宣讲律学给予了不少的帮助。

自此可见，佛法的真实理论和修行的严谨方法，是众多出家人都渴望得到的，也因此我不再害怕佛法不能弘扬了。看来作为一个学道的人，只要心中有春意，就不用世俗的享受来愉悦自己，倒是世间的一切，均可以使自己感到快乐。更何况是为解脱世间众多受苦人的事业而努力，只要有一点成绩和希望，我们都应感到欣喜。

往来的路

——周作人

　　四月十六日以后，我便每天都往北京大学上班，地点是图书馆的单独一室，这图书馆是有名的四公主的梳妆楼，广阔的几间楼房，涂饰得非常华丽，我的办公室乃是孤独对立的小房，样子似乎寺庙的钟鼓楼，不知道是什么用的，原来也很不错，如今被旧杂志堆放得没有隙地，实在有点儿气闷。

　　但是我在那里却也过了些有趣的时光，在那旧杂志上面找到几篇论文，后来由我翻译了，登在《新青年》上面，这是一篇《陀思妥也夫斯奇①之小说》，另一篇是《俄国革命

———————————

① 即陀思妥耶夫斯基（1821—1881），俄国作家。

之哲学的基础》。胡质庵是福建人，当时是图书馆的最高的职员，但是似乎身体不大好，后来于六月底因患猩红热死去了。商契衡则是绍兴的嵊县人，原是鲁迅在中学任教时的学生，其后在北京大学毕业，鲁迅曾供给他的学费，在日记上常有纪载。

我从绍兴县馆往北京大学，经常往来有东西两条路线。其一是由菜市口往东，走骡马市到虎坊桥北折，进五道庙经由观音寺街，出至前门，再经南池子北池子走到北头，便是景山东街了。其二是一直往北进宣武门，由教育部街东折经绒线胡同和六部口，走出西长安街，再前进时是天安门广场，过去便是南池子，以后的路和前边一样，但不到天安门也可向北进南长街北长街，这一条直街是和南池子并行的，北头直通北海的三座门大街，往东去经过景山前街。这里是故宫的后门神武门所在，宣统在退位之后还保留皇帝称号，他便在这里边设立小朝廷，依旧每天上朝，不过悉由后门出入罢了，我午前往校经过此处，就常见有红顶花翎的官员，坐了马车进宫，也有徒步走着的，这事在复辟败后尚未停止，这是很奇怪的一件事情。还看见有一辆驴子拉的水车，车上盖着黄布，这乃是每天往玉泉山取水，来供给"御用"的，但是这似乎不久停止，因为清宫里随后也装了自来水了。

北京的街路以前是很坏的，何况这是四十多年前的事了。交通不便，许多地方都不能通行，须要绕一个大圈子，我到北京的时候看着南北池子这条马路，是正方开辟的。至于小胡同的难走，是很有名的，我的住处外边一条胡同叫作"前公用库"，每到秋天久雨，便泥水一滩，废名走过这里，遇见一个年过古稀的老太婆在太息说，这条路怎么总是这样的难走，便可以想见它的年代久远了。这是到了近来的这几年，才算改好了。

因为这个缘故，街上的有些景象也改变了，譬如"泼水夫"，便已绝迹，只剩下陈师曾在《北京风俗图》中留下的一幅画，两个人都穿着背有圆图的号衣，脚下马靴，头戴空梁的红缨帽，一个手握木勺，一个侧着水桶，神情活现，但是现在的人已经不能了解，因为早已不曾看见过他们了。此外还有一种是扫雪的人，我于一九一九年一月十三日曾经做过一首诗，题曰《两个扫雪的人》，是在天安门前车上所作，便录在这里：

阴沉沉的天气，

香粉一般的白雪，下的漫天遍地。

天安门外，白茫茫的马路上，

全没有车马踪迹，

只有两个人在那里扫雪。

一面尽扫，一面尽下，

扫净了东边，又下满了西边，

扫开了高地，又填平了坳地。

粗麻布的外套上已经积了一层雪，

他们两人还只是扫个不歇。

雪愈下愈大了，

上下左右都是滚滚的香粉一般的白雪。

在这中间，好像白浪中漂着两个蚂蚁。

他们两人还只是扫个不歇。

祝福你扫雪的人！

我从清早起，在雪地里行走，不得不谢谢你。

　　这种人夫在北京也已经不见，而且说起来也很奇怪，似乎近来这若干年里，雪也的确少下，仿佛是天气也是多少有了变化了。

自己所能做的

——周作人

　　自己所能做的是什么？这句话首先应当问，可是不大容易回答。饭是人人能吃的，但是像我这一顿只吃一碗的，恐怕这就很难承认自己是能吧。以此类推，许多事都尚待理会，一时未便画供。这里所说的自然只限于文事，平常有时还思量过，或者较为容易说，虽然这能也无非是主观的，只是想能而已。我自己想做的工作是写笔记。清初梁清远著《雕丘杂录》卷八有一则云：

　　　　余尝言，士人至今日凡作诗作文俱不能出古人
　　范围，即有所见，自谓创获，而不知已为古人所已

言矣。惟随时记事，或考论前人言行得失，有益于
世道人心者，笔之于册，如《辍耕录》《鹤林玉露》
之类，庶不至虚其所学，然人又多以说家杂家目之。
嗟乎，果有益于世道人心，即说家杂家何不可也。

又卷十二云：

余尝论文章无裨于世道人心即卷如牛腰何益，
且今人文理粗通少知运笔者即各①成文集数卷，究
之只堪覆瓿耳，孰过而问焉。若人自成一说家如杂
抄随笔之类，或纪一时之异闻，或抒一己之独见，
小而技艺之精，大而政治之要，罔不叙述，令观者
发其聪明，广其闻见，岂不足传世翼教乎哉。

不佞是杂家而非说家，对于梁君的意见很是赞同，却亦
有差异的地方。我不喜掌故，故不叙政治；不信鬼怪，故不
纪异闻；不作史论，故不评古人行为得失。余下来的一件事

————————
① "各"原作"如"。

102

便是涉猎前人言论，加以辨别，披沙拣金，磨杵成针，虽劳而无功，于世道人心却当有益，亦是值得做的工作。

中国民族的思想传统本来并不算坏，他没有宗教的狂信与权威，道儒法三家，只是爱智者之分派，他们的意思我们也都很能了解。道家是消极的彻底，他们世故很深，觉得世事无可为，人生多忧患，便退下来愿以不才终天年，法家则积极的彻底，治天下不难，只消道之以政，齐以刑，就可达到统一的目的。儒家是站在这中间的，陶渊明《饮酒》诗中云：

汲汲鲁中叟，弥缝使其淳，凤鸟虽不至，礼乐暂得新。

这弥缝二字实在说得极好，别无褒贬的意味，却把孔氏之儒的精神全表白出来了。佛教是外来的，其宗教部分如轮回观念以及玄学部分我都不懂，但其小乘的戒律之精严，菩萨的誓愿之弘大，加到中国思想里来，很有一种补剂的功用。不过后来出了流弊，儒家成了士大夫，专想升官发财，逢君虐民，道家合于方士，去弄烧丹拜斗等勾当，再一转变而道士与和尚均以法事为业，儒生亦信奉《太上感应篇》矣。

这样一来，几乎成了一篇糊涂账，后世的许多罪恶差不多都由此支持下来，除了抽雅片①这件事在外。这些杂糅的东西一小部分记录在书本子上，大部分都保留在各人的脑袋瓜儿里以及社会百般事物上面，我们对他不能有什么有效的处置，至少也总当想法侦察他一番，分别加以批判。希腊古哲有言曰，要知道你自己。我们凡人虽于爱智之道无能为役，但既幸得生而为人，于此一事总不可不勉耳。

这是一件难事情，我怎么敢来动手呢。当初原是不敢，也就是那么逼成的，好像是"八道行成"里的大子，各处彷徨之后往往走到牛角里去。三十年前不佞好谈文学，仿佛是很懂得文学似的，此外关于有好许多事也都要乱谈，及今思之，腋下汗出。后乃悔悟，详加检讨，凡所不能自信的事不敢再谈，实行孔子不知为不知的教训，文学铺之类遂关门了，但是别的店呢？

孔子又云，知之为知之。到底还有什么是知的呢？没有

---

① 即鸦片。

固然也并不妨，不过一样一样的灭掉之后，就是这样的减完了，这在我们凡人大约是不很容易做到的，所以结果总如碟子里留着的末一个点心，让他多少要多留一会儿。我们不能干脆画一个鸡蛋，满意而去，所以在关了铺门的路旁仍不免要去摆一小摊，算是还有点货色，还在做生意。

文学是专门学问，实是不知道，自己所觉得略略知道的只有普通知识，即是中学程度的国文，历史，生理和博物，此外还有数十年中从书本和经历得来的一点知识。这些实在凌乱得很，不新不旧，也新也旧，用一句土话来说，这种知识是叫做"三脚猫"的。三脚猫原是不成气候的东西，在我这里却又正有用处。猫都是四条腿的，有三脚的倒反而希奇了，有如刘海氏的三脚蟾，便有描进画里去的资格了。

全旧的只知道过去，将来的人当然是全新的，对于旧的过去或者全然不顾，或者听了一点就大悦，半新半旧的三脚猫却有他的便利，有点像革命运动时代的老新党，他比革命成功后的青年有时更要急进，对于旧势力旧思想很不宽假，因为他更知道这里边的辛苦。我因此觉得也不敢妄[1]自

---

[1] 原无"妄"字，今增。

菲薄，自己相信关于这些事情不无一日之长，愿意尽我的力量，有所供献于社会。我不懂文学，但知道文章的好坏，不懂哲学玄学，但知道思想的健全与否。我谈文章，系根据自己写及读国文所得的经验，以文情并茂为贵。谈思想，系根据生物学文化人类学道德史性的心理等的知识，考察儒释道法各家的意思，参酌而定，以情理并合为上。我的理想只是中庸，这似乎是平凡的东西，然而并不一定容易遇见，所以总觉得可称扬的太少，一面固似抱残守缺，一面又像偏①喜诃佛骂祖，诚不得已也。不佞盖是少信的人，在现今信仰的时代有点不大抓得住时代，未免不得合式，但因此也正是必要的，语曰，良药苦口利于病，是也。

不佞从前谈文章谓有言志载道两派，而以言志为是。或疑诗言志，文以载道，二者本以诗文分，我所说有点缠夹，又或疑志与道并无若何殊异，今我又屡言文之有益于世道人心，似乎这里的纠纷更是明白了。

这所疑的固然是事出有因，可是说清楚了当然是查无实据。我当时用这两个名称的时候的确有一种主观，不曾说得

---

① "偏"原作"编"。

明了，我的意思以为言志是代表《诗经》的，这所谓志即是诗人各自的情感，而载道是代表唐宋文的，这所谓道乃是八大家共通的教义，所以二者是绝不相同的。现在如觉得有点缠夹，不妨加以说明云：凡载自己之道者即是言志，言他人之志者亦是载道。

我写文章无论外行人看去如何幽默不正经，都自有我的道在里边，不过言道并无祖师，没有正统，不会吃人，只是若大路然，可以走，而不走也由你的。我不懂得为艺术的艺术，原来是不轻看功利的，虽然我也喜欢明其道不计其功的话，不过讲到底这道还就是一条路，总要是可以走的才行。于世道人心有益，自然是件好事，我哪里有反对的道理，只恐怕世间的是非未必尽与我相同，如果所说发其聪明，广其闻见，原是不错，但若必以江希张为传世而叶德辉为翼教，则非不佞之所知矣。

一个人生下到世间来不知道是偶然的还是必然的，但是无论如何，在生下来以后那总是必然的了。凡是中国人不管先天后天上有何差别，反正在这民族的大范围内没法跳得出，固然不必怨艾，也并无可骄夸，还须得清醒切实的做下去。

国家有许多事我们固然不会也实在是管不着，那么至少关于我们的思想文章的传统可以稍加注意，说不上研究，就是辨别批评一下也好，这不但是对于后人的义务也是自己所有的权利，盖我们生在此地此时实是一种难得的机会，自有其特殊的便宜，虽然自然也就有其损失，我们不可不善自利用，庶不至虚负此生，亦并对得起祖宗与子孙也。语曰，秀才人情纸一张。又曰，千里送鹅毛，物轻情意重。如有力量，立功固所愿，但现在所能止此，只好送一张纸，大家莫①嫌微薄，自己却也在警戒，所写不要变成一篇寿文之流才好耳。

---

① "莫"原作"算"。

何容何许人也

——老舍

　　粗枝大叶的我可以把与我年纪相仿佛的好友们分为两类。这样的分类可是与交情的厚薄一点也没关系。第一类是因经济的压迫或别种原因，没有机会充分发展自己的才力，到二十多岁已完全把生活放在挣钱养家，生儿养女等等上面去。他们没工夫读书，也顾不得天下大事，眼睛老钉在自己的忧喜得失上。他们不仅不因此而失去他们的可爱，而且可羡慕，因为除非遇上国难或自己故意作恶，他们总是苦乐相抵，不会遇到什么大不幸。他们不大爱思想，所以喝杯咸菜酒也很高兴。

　　第二类差不多都是悲剧里的角色。他们有机会读书；同情于，或参加过，革命；知道，或想去知道，天下大事；会思想或自己以为会思想。这群朋友几乎没有一位快活的。他们的生年月日就不对：都生在前清末年，现在都在三十五与四十岁之间。礼义廉耻与孝弟忠信，在他们心中还有很大的分量。同时，他们对于新的事情与道理都明白个几成。

以前的作人之道弃之可惜，于是对于父母子女根本不敢作什么试验。对以后的文化建设不愿落在人后，可是别人革命可以发财，而他们革命只落个"忆昔当年……"。他们对于一切负着责任：前五百年，后五百年，全属他们管。可是一切都不管他们，他们是旧时代的弃儿，新时代的伴郎。谁都向他们讨税，他们始终就没有二亩地，这些人们带着满肚子的委屈，而且还得到处扬着头微笑，好像天下与自己都很太平似的。

在这第二类的友人中，有的是徘徊于尽孝呢，还是为自己呢？有的是享受呢，还是对家小负责呢？有的是结婚呢，还是保持个人的自由呢？……花样很多，而其基本音调是一个——徘徊、迟疑、苦闷。他们可是也并不敢就干脆不挣扎，他们的理智给感情画出道儿来，结果呢，还是努力的维持旧局面吧，反正得站一面儿，那么就站在自幼儿习惯下来的那一面好啦。这可不是偷懒，捡着容易的作，也不是不厌恶旧而坏的势力，而实在需要很大的勉强或是——说得好听一点——牺牲；因为他们打算站在这一面，便无法不舍掉另一面，而这个另一面正自带着许多媚人的诱惑力量。

何容兄是这样朋友中的一位代表。在革命期间，他曾吃过枪弹：幸而是打在腿上，所以现在还能"不"革命的活着。革命吧，不革命吧，他的见解永不落在时代后头。可是在他的行为上，他比提倡尊孔的人还更古朴，这里所指的提倡尊孔者还是那真心想翼道救世的。他没有一点"新"气，更提不到"洋"气。说卫生，他比谁都晓得。

但是他的生活最没规律：他能和友人们一谈谈到天亮，他决不肯只陪到夜里两点。可有一点，这得看是什么朋友；他要是看谁不顺眼，连一分钟也不肯空空的花费。他的"古道"使他柔顺像个羊，同时能使他硬如铁。当他硬的时候，不要说巴结人，就是泛泛的敷衍一下也不肯。在他柔顺的时候，他的感情完全受着理智的调动：比如说友人的小孩病得要死，他能昼夜的去给守着，而面上老是微笑，希望他的笑能减少友人一点痛苦；及至友人们都睡了，他才独对着垂死的小儿落泪。反之，对于他以为不是东西的人，他全任感情行事，不管人家多么难堪。他"承认"了谁，谁就是完人；有了错过他也要说而张不开口。他不承认谁，乘早不必讨他的厌去。

怎样能被他"承认"呢？第一个条件是光明磊落。所谓光明磊落就是一个人能把旧礼教中那些舍己从人的地方用在一切行动上。而且用得自然单纯，不为着什么利益与必期的效果。他不反对人家讲恋爱，可是男的非给女的提着小伞与低声下气的连唤"嘀耳"不可，他便受不住了，他以为这位先生缺乏点丈夫气概。他不是不明白在"追求"期间这几乎是照例的公事，可是他遇到这种事儿，便夸大的要说他的话了："我的老婆给我扛着伞，能把人碰个跟头的大伞！"他，真的，不让何太太扛伞。真的，他也不能给她扛伞。他不佩服打老婆的人，加倍的不佩服打完老婆而出来给她提小伞的人，后者不光明磊落。

光明磊落使他不能低三下四的求爱，使他穷，使他的生活没有规律，使他不能多写文章——非到极满意不肯寄走，改、改、改，结果文章失去自然的风趣。作什么他都出全力，为是对得起人，而成绩未必好。可是他愿费力不讨好，不肯希望"歪打正着"。

他不常喝酒，一喝起来他可就认了真，喝酒就是喝酒；醉？活该！在他思索的时候，他是心细如发。他以为不必思索的事，根本不去思索，譬如喝酒，喝就是了，管它什么。他的心思忽细忽粗，正如其为人忽柔忽硬。他并不是疯子，但是这种矛盾的现象，使他"阔"不起来。对于自己物质的享受，他什么都能将就；对于择业择友，一点也不将就。他用消极的安贫去平衡他所不屑的积极发展。无求于人，他可以冷眼静观宇宙了，所以他幽默。他知道自己矛盾，也看出世事矛盾，他的风凉话是含着这双重的苦味。

是的，他不像别的朋友们那样有种种无法解决的，眼看着越缠越紧而翻不起身的事。以他来比较他们，似乎他还该算个幸运的。可是我拿他作这群朋友的代表。正因为他没有显然的困难，他的悲哀才是大家所必不能避免的，不管你如何设法摆脱。显然的困难是时代已对个人提出清账，一五一十，清清楚楚。

他的默默悲哀是时代与个人都微笑不语，看到底谁能再敷衍下去。他要想敷衍呢，他便须和一切妥协：旧东西中的好的坏的，新东西中的好的坏的，一齐等着他给喊好；自要他肯给它们喊好，他就颇有希望成为有出路的人。他不能这么办。同时他也知道毁坏了自己并不是怎样了不得的事，他不因不妥协而变成永不洗脸的名士。革命是有意义的事，可是他已先偏过了。怎办呢？他只交下几个好朋友，大家到一块儿，有的说便说，没的说彼此就愣着也好。他也教书，也编书，月间进上几十块钱就可以过去。他不讲穿，不讲究食住，外表上是平静沉默，心里大概老有些人家看不见的风浪。真喝醉了的时候也会放声的哭，也许是哭自己，也许是哭别人。

他知道自己的毛病，所以不吹腾自己的好处。不过，他不想改他的毛病，因为改了毛病好像就失去些硬劲儿似的。努力自励的人，假若没有脑子，往往比懒一些的更容易自误误人。何容兄不肯拿自己当个猴子耍给人家看。好、坏，何容是何容：他的微笑似乎表示着这个。对好友们，他才肯说他的毛病，像是："起居无时，饮食无节，衣冠不整，礼貌不周，思而不学，好求甚解而不读书……"只有他自己才能说得这么透澈。催他写文章，他不说忙，而是"慢与忙有关系，因优故忙"。因为"作文章像暖房里人工孵鸡，鸡孵出来了，人得病一场"！

他若穿起军服来，很像个营里的书记长。胸与肩够宽，可惜脸上太白了些，不完全像个兵。脸白，可并不美。穿起蓝布大衫，又像个学校里不拿事的庶务员。面貌与服装都没什么可说，他的态度才是招人爱的地方，老是安安稳稳，不慌不忙，不多说话，但说出来就得让听者想那么一会儿。香烟不离口；酒不常喝，而且喝多了在两天之后才现醉象——这使朋友们视他为"异人"；他自己也许很以此自豪，虽然"晚醉"和"早醉"是一样受罪的。他喜爱北平，大概最大的原因是北平有几位说得来的朋友。

中年人的寂寞

——夏丏尊

我已是一个中年的人。一到中年，就有许多不愉快的现象，眼睛昏花了，记忆力减退了，头发开始秃脱而且变白了，意兴、体力，什么都不如年青的时候，常不禁会感觉到难以名言的寂寞的情味。尤其觉得难堪的是知友的逐渐减少和疏远，缺乏交际上的温暖的慰藉。

不消说，相识的人数是随了年龄增加的，一个人年龄越大，走过的地方、当过的职务越多，相识的人理该越增加了。可是相识的人并不就是朋友。我们和许多人相识，或是因了事务关系，或是因了偶然的机缘——如在别人请客的时候同席吃过饭之类。见面时点头或握手，有事时走访或通信，口头上彼此也称"朋友",笔头上有时或称"仁兄",诸如此类,其实只是一种社交上的客套,和"顿首""百拜"同是仪式的虚伪。这种交际可以说是社交,和真正的友谊相差似乎很远。

真正的朋友,恐怕要算"总角之交"或"竹马之交"了。在小学和中学的时代容易结成真实的友谊,那时彼此尚不感到生活的压迫,入世未深,打算计较的念头也少,朋友的结成全由于志趣相近或性情适合,差不多可以说是"无所为"的,性质比较地纯粹。二十岁以后结成的友谊,大概已不免搀有各种各样的颜色分子在内;至于三十岁四十岁以后的朋友中间,颜色分子愈多,友谊的真实成分也就不免因而愈少了。这并不一定是"人心不古",实可以说是人生的悲剧。人到了成年以后,彼此都有生活的重担须负,入世既深,顾忌的方面也自然加多起来,在交际上不许你不计较,不许你不打算,结果彼此都"钩心斗角",像七巧板似的只选定了某一方面和对方去接合。这样的接合当然是很不坚固的,尤其是现代这样什么都到了尖锐化的时代。

在我自己的交游中,最值得系念的老是一些少年时代以来的朋友。这些朋友本来数目就不多,有些住在远地,连相会的机会也不可多得。他们有的年龄大过了我,有的小我几岁，都是中年以上的人了，平日各人所走的方向不同，思想趣味境遇也都不免互异，大家晤谈起来，也常会遇到说不出的隔膜的情形。如大家话旧，旧事是彼此共喻的，而且大半都是少年时代的事，"旧游如梦"，把梦也似的过去的少年时代重提，因谈话的进行，同时会联想起许多当时的事情，许多当时的人的面影，这时好像自己仍回归到少年时代去了。我常在这种时候感到一种快乐，同时也感到一种伤感，那情形好比老妇人突然在抽屉里或箱子里发见了她盛年时的影片。

逢到和旧友谈话，就不知不觉地把话题转到旧事上去，这是我的习惯。我在这上面无意识地会感到一种温暖的慰藉。可是这些旧友一年比一年减少了，本来只是屈指可数的几个，少去一个是无法弥补的。我每当听到一个旧友死去的消息，总要惘怅多时。

学校教育给我们的好处不但只是灌输知识，最大的好处恐怕还在给与我们求友的机会上。这好处我到了离学校以后才知道，这几年来更确切地体会到，深悔当时毫不自觉，马马虎虎地过去了。近来每日早晚在路上见到两两三三的携着书包、携了手或挽了肩膀走着的青年学生，我总艳羡他们有朋友之乐，暗暗地要在心中替他们祝福。

辑三

心无旁骛，
万事可破

灯火

——周作人

（一）

这里题目写的是灯火，但里边所包含的实在有发火与照明两个问题。在甲午前后，大概家里也已有火柴了，现今通称洋火，乡下则称自来火，第一字又或读为篦，意思是擦，可以解作擦一下有火出来吧。不过那只是用在内房里，若是厨房或是退堂后放着小风炉的地方，那还是用的打火的家伙，藤编的长形容器内放着火石，铁片，毛头纸的粗纸煤插在竹管内的，这都还清楚的记忆着。

"开火"工作很不容易，如不熟练不但点不着纸煤，连火星也不大出来。乡下有一句谚语道，"一贼，二先生，三撑船，四老伻"，《越谚》注云："此言火刀火石取火，快者一刀即着，二三四各分其人。"贼入事主家，假如点不着火，老是笃笃的用火刀敲着火石，未免要误事，这是容易了解的，教书先生为什么那么敏捷，他开火只要两刀，他的本领还超出"撑船人客"（妇孺们叫舟夫的名称）之上呢？这理由范啸风不曾说明，我也至今不得其解。老伻即是看门的人，伻读如上海的浜字，我想这或者是伯字之转也未可知，因为乡下对于帮工的人常用叔伯称呼，有如上文说及过的庆叔王甫叔①。不过这类考据易涉牵强，所以这里只作为闲谈，随便说说罢了。

洋油灯自然也早有了吧，但据我的记忆所及，曾祖母不必说，祖母房里在辛丑年总还是点着香油灯的。

这灯有好几种，顶普通的是用黄铜所制，主要部分是椅子背似的东西，头部宽阔，镂空凿花，稍下突出一个铜圈，上搁灯盏，底部是圆的铜盘，高可寸许，中置陶碗，承接灯盏下的滴油，以及灯花余烬等。这名叫灯盏，又一种可以叫作灯台，大抵是锡做的，形如圆的烛台，不过顶上是一个小

---

① 本文选自周作人自编集《鲁迅的故家》，作者在书中其他篇目里写到过庆叔等人。

盘，搁着油盏而已。曾见过一个磁的灯台，承油盏的直柱只有二寸高，下面即是磁盘，别有一个圆罩，高七八寸，上部周围有长短直行空隙，顶上偏着开一孔，可以盖在灯上，使得灯光幽暗，只从空隙射出一点来，像是一堵花墙，这是彻夜不灭灯时所用，需要亮光时把罩当作台，上边搁上灯盏，高低也刚适合。这东西在曾祖母时已用着，至少也是百年前物了，现今假如还有这样古雅的器物，固然已经不适实用，但实在做得很好，值得保存在国家美术馆里的。

(二)

上边所说的灯是不能够移动的一类，此外还有一类可以移动，即是可以拿着走路的，也需要来说一下。

这里面最重要的自然是灯笼，不过那是外出时才用，假如在大门内，即使有好一段路，大抵也不提灯笼而是用别的东西的。这可能是蜡烛台，其实和灯笼差不多，只是插蜡烛的方法不同，比起灯笼来要轻便得多，但也有一个缺点，即是风吹了要流泪，所以在那时候是不很合宜的。

其次是油纸拈，俗称纸拈头，大抵利用包药材的药纸，酌量需要，搓成长短大小适中的纸拈，蘸上香油，点起火来，拿在手里即是很好的手灯。这点剩了一部分，可以放在灯盏下陶碗内，下次再用，但是中途不够了的时候便没有办法，能够补救这缺点的就是这其三的所谓水蜡烛了。名称是水蜡烛，实际仍是香油灯，用黄铜作壶，约容油二两，口作螺旋，孔中出棉线灯芯，壶下短柱与底台接连，壶与台之间装一把手，以便执持。这有油纸拈的便利，即是用香油点火，禁得起风吹，不会熄灭，油量充足，又无匮乏之虞，在那时候可以说是最实用的移动照明具了。

我所说的只是根据自己的经验，不知道别人家是否如此，仔细回想起来，仿佛祖母房里便没有这种家伙，只有鲁老太太常在使用水蜡烛，也不记得本家的谁用过，难道这是安桥头来的系统么，这个问题现在却也无从弄得清楚了。

点用洋油灯最早的大概是伯宜公的房里，所用的洋灯也是国货，是用锡做的，略为扁圆的油壶上装着一个螺旋，可以配上"龙头"，再加玻璃罩就可以点了。不过不知怎的，关于洋油灯的印象一直很是微弱，没有什么值得说的。大抵小时候睡得很早，后来的习惯也不在灯下做什么事情，无论用功或是游玩，所以对于灯缺少亲近的感觉，古人云，"青灯有味似儿时"，那是很幸福的经验，我却是没有。

关于命运

——周作人

　　我近来很有点相信命运。那么难道我竟去请教某法师某星士，要他指点我的流年或终身的吉凶么？那也未必。这些要知道我自己都可以知道，因为知道自己应该无过于自己。

　　我相信命运，所凭的不是吾家易经神课，却是人家的科学术数。我说命，这就是个人的先天的质地，今云遗传。我说运，是后天的影响，今云环境。二者相乘的结果就是数，这个字读如数学之数，并非虚无飘渺的话，是实实在在的一个数目，有如从甲乙两个已知数做出来的答案，虽曰未知数而实乃是定数也。要查这个定数须要一本对数表，这就是历史。

好几年前我就劝人关门读史，觉得比读经还要紧还有用，因为经至多不过是一套准提咒罢了，史却是一座孽镜台，他能给我们照出前因后果来也。我自己读过一部《纲鉴易知录》，觉得得益匪浅，此外还有《明季南北略》和《明季稗史汇编》，这些也是必读之书，近时印行的《南明野史》可以加在上面，盖因现在情形很像明季也。

日本永井荷风著《江户艺术论》十章，其《浮世绘之鉴赏》第五节论日本与比利时美术的比较，有云：

> 我反省自己是什么呢，我非威耳哈仑①（Verhaeren）似的比利时人而是日本人也，生来就和他们的运命及境遇迥异的东洋人也。恋爱的至情不必说了，凡对于异性之性欲的感觉悉视为最大的罪恶，我辈即奉戴着此法制者也。承受"胜不过啼哭的小孩和地主"的教训的人类也，知道"说话则唇寒"的国民也。使威耳哈仑感奋的那滴着鲜血的肥羊肉与芳醇的蒲桃酒与强壮的妇女的绘画，都于

①"仑"原作"伦"，从下文改。

我有什么用呢？呜呼，我爱浮世绘。苦海十年为亲卖身的游女的绘姿使我泣。凭倚竹窗茫然看着流水的艺妓的姿态使我喜。卖宵夜面的纸灯寂寞地停留的河边的夜景使我醉。雨夜啼月的杜鹃，阵雨中散落的秋天木叶，落花飘风的钟声，途中日暮的山路的雪，凡是无常无告无望的，使人无端嗟叹此世只是一梦的，这样的一切东西，于我都是可亲，于我都是可怀。

又第三节中论江户时代木板画的悲哀的色彩云：

这暗示出那样暗黑时代的恐怖与悲哀与疲劳，在这一点上我觉得正如闻娼妇啜泣的微声，深不能忘记那悲苦无告的色调。我与现社会相接触，常见强者之极其强暴而感到义愤的时候，想起这无告的色彩之美，因了潜存的哀诉的旋律而将暗黑的过去再现出来，我忽然了解东洋固有的专制的精神之为何，深悟空言正义之不免为愚了。希腊美术发生于以亚坡隆为神的国土，浮世绘则由与虫豸同样的平民之手制作于日光晒不到的小胡同的杂院里。现在虽云时代全已变革，要之只是外观罢了。若以合理的眼光一看破其外皮，则武断政治的精神与百年以前毫无所异。江户木板画之悲哀的色彩至今全无时间的间隔，深深沁入我们的胸底，常传亲密的私语者，盖非偶然也。

荷风写此文时在大正二年（一九一三）正月，已发如此慨叹，二十年后的今日不知更怎么说，近几年的政局正是明治维新的平反，"幕府"复活，不过是一阶级而非一家系的，岂非建久以来七百余年的征夷大将军的威力太大，六十年的尊王攘夷的努力丝毫不能动摇，反而自己没落了么？以上是日本的好例。

我们中国又如何呢？我说现今很像明末，虽然有些热心的文人学士听了要不高兴，其实是无可讳言的。我们且不谈那建夷，流寇，方镇，宦官以及饥荒等，只说八股和党社这两件事罢。清许善长著《碧声吟馆谈麈》卷四有论八股一则，中有云：

128

功令以时文取士，不得不为时文。代圣贤立言，未始不是，然就题作文，各肖口吻，正如优孟衣冠，于此而欲征其品行，觇其经济，真隔膜矣。卢抱经学士云，时文验其所学而非所以为学也，自是通论。至景范之言曰，秦坑儒不过四百，八股坑人极于天下后世，则深恶而痛疾之也。明末东林党祸惨酷尤烈，竟谓天子可欺，九庙可毁，神州可陆沉，而门户体面决不可失，终至于亡国败家而不悔，虽曰气运使然，究不知是何居心也。

明季士大夫结党以讲道学，结社以作八股，举世推重，却不知其于国家有何用处，如许氏说则其为害反是很大。明张岱的意见与许氏同，其《与李砚翁书》云：

夫东林自顾泾阳讲学以来，以此名目祸我国家者八九十年，以其党升沉用占世数兴败，其党盛则为终南之捷径，其党败则为元祐之党碑，风波水火，龙战于野，其血玄黄，朋党之祸与国家相为终始。盖东林首事者实多君子，窜入者不无小人，拥戴者皆为小人，招来者亦有君子。……东林之中，其庸庸碌碌者不必置论，如贪婪强横之王图，奸险凶暴之李三才，闯贼首辅之项煜，上笺劝进之周钟，以至窜入东林，乃欲俱奉之以君子，则吾臂可断决不敢徇情也。东林之尤可丑者，时敏之降闯贼日，吾东林时敏也，以冀大用。鲁王监国，蕞尔小朝廷，科道任孔当辈犹曰，非东林不可进用，则是东林二字直与蕞尔鲁国及汝偕亡者。

明朝的事归到明朝去，我们本来可以不管，可是天下事没有这样如意，有些痴颠恶疾都要遗传，而恶与癖似亦不在例外，我们毕竟是明朝人的子孙，这笔旧帐未能一笔勾消也。——虽然我可以声明，自明正德时始迁祖起至于现今，吾家不曾在政治文学上有过什么作为，不过民族的老帐我也不想赖，所以所有一切好坏事情仍然担负四百兆分之一。

我们现在且说写文章的。代圣贤立言，就题作文，各肖口吻，正如优孟衣冠，是八股时文的特色，现今有多少人不是这样的？功令以时文取士，岂非即文艺政策之一面，而又一面即是文章报国乎？读经是中国固有的老嗜好，却也并不与新人不相容，不读这一经也该读别一经的。

近来听说有单骂人家读《庄子》《文选》的，这必有甚深奥义，假如不是对人非对事。这种事情说起来很长，好像是专找拿笔干的开玩笑，其实只是借来作个举一反三的例罢了。万物都逃不脱命运。我们在报纸上常看见枪毙毒犯的新闻，有些还高兴去附加一个照相的插图。毒贩之死于厚利是容易明了的，至于再吸犯便很难懂，他们何至于爱白面过于生命呢？

第一，中国人大约特别有一种麻醉享受性，即俗云嗜好。第二，中国人富的闲得无聊，穷的苦得不堪，以麻醉消遣。有友好之劝酬，有贩卖之便利，以麻醉玩弄。卫生不良，多生病痛，医药不备，无法治疗，以麻醉救急。如是乃上瘾，法宽则蔓延，法严则骈诛矣。此事为外国或别的殖民地所无，正以此种癖性与环境亦非别处所有耳。

我说麻醉享受性，殊有杜撰生造之嫌，此正亦难免，但非全无根据，如古来的念咒画符读经惜字唱皮黄做八股叫口号贴标语皆是也，或以意，或以字画，或以声音，均是自己麻醉，而以药剂则是他力麻醉耳。考虑中国的现在与将来的人士必须要对于他这可怕的命运知道畏而不惧，不讳言，敢正视，处处努力要抓住它的尾巴而不为所缠绕住，才能获得明智，死生吉凶全能了知，然而此事大难，真真大难也。

我们没有这样本领的只好消极地努力，随时反省，不能减轻也总不要去增长累世的恶业，以水为鉴，不到政治文学坛上去跳旧式的戏，庶几下可对得起子孙，虽然对于祖先未免少不肖，然而如孟德斯鸠临终所言，吾力之微正如帝力之大，无论怎么挣扎[1]不知究有何用？日本失名的一句小诗云：

　　　虫呵虫呵，难道你叫着，"业"便会尽了么？

---

① "扎"原作"札"。

自述

——老舍

抗战第一年的深秋，我带了五十块钱，由济南跑到汉口。一晃儿，四年了！

妻是深明大义的。平日，她的胆子并不大。可是，当我要走的那天，铺子关上了门，飞机整天在飞鸣，人心恐慌到极度，她却把泪落在肚中，沉静的给我打点行李。她晓得必须放我走，所以不便再说什么。四年没听见她的语声了，沉着的静，将永远使我坚强！

儿女都小，不懂别离之苦。小乙帮助妈妈给爸爸拾收东西，而适足以妨碍妈妈。我叱了他一声，他撇了撇嘴，没敢哭出来。至今，我觉得对不起小乙；现在他大概已经学会写几个字了吧？

四年了，每一空闲下来，必然的想起离济南时妻的沉静，与小乙的被叱要哭；想到，泪也就来到；可是，抗战期间，似乎应把个人的难过都忍在心中，不当以泪洗面；我不敢哭。同时，我总设法教自己忙碌；没有空闲，也就没有了闲愁。

要把相当忙碌的四年中所经历的一切都写下来，恐怕不大容易；挑选着说一点吧：

一、我的苦恼：自幼就穷，惯于吃苦。可是，自幼就好洁净，虽在病中也不肯不洗手洗脸，衣服不怕破烂，只怕脏。抗战中，我连好清洁的习惯也不能保持了，很难过。

既爱清洁，很自然也就爱秩序。饮食起卧都有定时，一切东西都有一定的地位。秩序一乱，我就头昏，没法写作。抗战四年，我没有写出很多的文章来，写出的一点也十分拙劣，恐怕没有秩序是个很重要的原因。

爱洁净秩序的人往往好安静。我就是那样。不大爱热闹，不喜欢见生人。可是，在抗战中，没法把自己隐藏起来，什么地方都须去，什么生人都须见，不管我愿意不愿意。设若我能自主，我一定会躲到深山里去。可是流亡四方，原为作一点有益于抗战的事，怎能藏起去呢？也许还有人说我风头十足呢？咱们心里分明；个人内心的痛苦是用不着报告给不关切他的人的。

按理说，上述一些小苦恼本算不了什么。比起抗战将士所受的苦处，这真是微乎其微了。不过，假若我是作着别的事，我想一定不会抱怨什么；我要写作，这就不同了。写作有许多条件，个人的习惯也得算一个。把我放在一个毫无秩序的地方，我实在无法工作。啊，一个人是多么不易适应环境呀！我真钦佩羡慕那些战地的文艺工作者和新闻记者，他们即便是爬在土壕里，还能写他们的笔记或报告。我愿自己也有这种本领！战时的文人，据我看，不但要有文艺上的修养，还须有体质上的准备，"文弱"是战时文人的坏的形容词！可惜，我已年过四十，求不生疾病已属不易；要说一时就把自己练成运动家的模样，或者近乎梦想了。盼望青年文人们都注意到身体！

好清洁与爱秩序绝不是恶劣的习惯，我想不会有人以为我是要养尊处优的去吟风弄月。我之所以提到因不能保持这并不是要不得的习惯而感到苦恼者，倒是为说明假若我有健壮的身体，我就可以连这点苦恼也渐次消灭，使生活的不安毫不影响到我的工作。同时，我还要借此说明：这四年来，我已经没有什么私生活可言。家眷不在我的身边，住处无定，起睡没有定时；别人教我怎样，我就怎样，没有哪一天可以算作我自己的。就是自己的工作，有时候也不能自主；我生活在团体里，我的写作也就往往受人之托，别人出题，我去写。这种没有私生活的生活，给我许多苦痛，可是渐渐的也习惯下来。为了抗战，许多写家是这样的活着；人家既能忍受，我就也得忍受；战争带来的苦难，每一个人都应当分担一些。至于说这种生活妨碍了写作，自然使我最感不快，可是社会上既还没想到文字的事业应当在安静方便的处所去作，而给文人们预备一个工作室，我就只好在忙乱与嘈杂的缝子中，忙里偷闲的去写一点。写不出好东西，还是我自己来负责，不怨别人——要怨，也似乎只好怨自己没有牛一般的力气吧。

二、我的欣悦：抗战以前我不是在青岛，便是在济南，连北平也不大常去。因此，平沪两大文艺本营的工作者，认识我的很少。抗战后，有了见面的机会，我交了许多的朋友。前面说过，我羞见生人；文人中自然也有不少生人，可是我不怕见他们，且愿交为朋友，因为既同是文人，自有相近之处，人虽生，而气味似久已相投，恨未一面耳。

单单是大家呼兄唤弟，不但没有用处，而且也显着肉麻。我的朋友增多，每个人都有他的经验与特长，这才是学习与研究的好机会呀，这才使我欣喜呀！我们谈，我们相互批评，于是我的胆子大起来。不会写剧本么？去讨教！写得不好么？请大家批评！就是在这种友谊中，我才开始练习写诗歌与剧本。除了个人的获得，我也为整个的文艺界欣喜，因为互相教导与批评的风气在抗战中造成，一定不会因抗战胜利而消灭；那么，这种好风气的继续存在，也就是文艺能进步不停的保证。

有了这个欣喜，便克服了一切的小烦恼。什么衣服无人补啊，饿冷无人问啊，都是小事，都是小事！我是干文艺的人，只要在文艺上有所获得，便是获得了生命中最善的努力与成就，虽死不怨。

我希望还能再活二十年。这二十年中须再写出像点样子的十本或十多本作品。这些作品将是在写完以后，约请文友详加批评，而后细细修改；而后再评再改，直到大家与我都满意了才去付印。有今日的欣喜，我相信这对来日的希冀不是个梦想。

三、我的态度：从家里跑出来，是为作一点有助于抗战的事。能作多少，作得好坏，都是才力的问题；我晓得自己的才薄力微，但求不变此心，不问收获多寡。四年来，我已没有了私生活；这使我苦痛，可也使我更努力作事；我不怕被称为无才无能，而怕被识为苟且敷衍。被苦痛所压倒是软弱，软弱到相当的程度便会自暴自弃；这，非我所甘心。我永远不会成为英雄，只求有几分英雄气概；至少须消极的把受苦视为当然，而后用事实表现一点积极的向上精神。

有了此态度；我要作什么就极容易决定了。我所要作的必是我所能作的；我能写点小说之类的东西；那么，写作便是我的无容犹豫的工作。同时，妨碍写作的事也必须避免。作编辑，专心去看别人的文字，便没有时间写自己的，我不干。作教员，即使不管误人子弟与否，一面教书，一面写书，总不会是相得益彰的事，我不干。作官，公事房大概不是什么理想的写作的地方，我不干。削去这些枝节，即使本干还是很单细，但总有可以渐次坚实起来的希望；这个希望我抱定了笔与纸不放手。

幸而我的家眷没有跟着我！假若他们是在我的身边，我虽终日不舍纸笔，恐怕为了油盐酱醋，也要耽搁许多时间，耗费许多精神。说不定，还许为了煤米柴炭去作编辑，教员，或小官。我感激我的妻！

在抗战前，正如在抗战后，我的志愿不大——只求就我所能作的作出一点事来。抗战后之所以异于抗战前者，就是抗战前生活有规律，抗战后生活较比的散漫。生活的没有严整的秩序，影响到我的工作；可是，生活的简单使我心中清楚，虽然感到小小的苦恼，而不至于使我悲观与灰心。同时，我所能作到的，总愿多作出来一些；不能作的我决不轻举妄动。这样，我可以在一方面像耕牛似的慢慢的犁着土，在另一方面我抱定不随便生气动怒的主意。假若我被人骂了一顿，我必检讨自己一番；骂得对呢，我须接受；骂得不对，便一笑置之。无论如何，我不还口。以骂还骂，有时候或者是必要的，但是我不愿这样作。因为我所能作的是写一点小说剧本之类的东西，而骂人并不能与小说剧本相并列，所以即使我会骂人，我也不想开口。我未必能把小说剧本等写得很好，可是我准知道即使骂人骂得极俏皮厉害，也不能代替我那不很好的小说与剧本。因此，假若今天在某刊物或报纸上有骂我的文字，而明天那个刊物或报纸来教我写文章，我还是毫不迟疑的给它写；后来，它又骂了；大后天，再教我写，我还是毫不迟疑的去写。我写不出很好的文章来，但是我总求它有一点文艺性，这才能由学习而逐渐获得一点好的经验。世界上有很好的骂人文字，永垂不朽，但是，并不很多。我没有骂人的天才，所以写诟骂的文字不见得是上算的事；假若我的一本小说可以传到十年百年，我的一篇骂人的短文也不过只能快意一时而已。我很盼望在今天有几个能写骂人文字的人，而且能永垂不朽，给我们的文艺增添一点光彩。可是，这种文字极难写，非有极高的天才与识见不行。若是破口骂骂别人，以增自己的威风，居心已愧，必定骂不出什么名堂，而只虚耗了纸笔，在抗战中（或在任何时期），实无可取！

表白自己或者是件讨厌的事。好了我不再多列条目。在第一条里，我说明了自己的苦痛何在，和怎样就可以克服这种苦痛——身体强的才能有充足的战斗力。第二条中，我道出自己的欣喜。这欣喜不是什么利益，而是好学习的心志遇到了可以学习的机会，足以使我更坚定的作个职业的写家，从今天直到入墓。第三条是第一、二两条的产物。我苦痛，就应设法坚强自己，以期继续的工作。我欣喜，就更当削减一切冗叶繁枝，使自己真能成为文艺之林中的一株有出息的小树。

这苦恼，这欣喜，与这由苦乐中决定的态度，是四年来生活的实录，不是空想。既是自己生活的实录，就不求别人来批评，因为我只觉得自己这么作是对的，并不希望别人也照方吃一剂。至于这些事实都与抗战有关与否，我觉得十分惭愧：我真愿为国家出力，作出一番轰轰烈烈的事业来，可是因才力所限，因一向没有显身扬名的宏愿，我仅能在文字上表现一点爱国的诚心。从各尽其力的道理来说，我总算没有偷闲偷懒；从报国救亡上来说，我只有惭愧！

歌声

——朱自清

　　昨晚中西音乐歌舞大会里"中西丝竹和唱"的三曲清歌，真令我神迷心醉了。

　　仿佛一个暮春的早晨，霏霏的毛雨默然洒在我脸上，引起润泽、轻松的感觉。新鲜的微风吹动我的衣袂，像爱人的鼻息吹着我的手一样。我立在一条白矾石的甬道上，经了那细雨，正如涂了一层薄薄的乳油；踏着只觉越发滑腻可爱了。

　　这是在花园里。群花都还做她们的清梦。那微雨偷偷洗去她们的尘垢，她们的甜软的光泽便自焕发了。在那被洗去的浮艳下，我能看到她们在有日光时所深藏着的恬静的红，冷落的紫，和苦笑的白与绿。以前锦绣般在我眼前的，现有都带了黯淡的颜色。——是愁着芳春的销歇么？是感着芳春的困倦么？

大约也因那蒙蒙的雨，园里没了浓郁的香气。涓涓的东风只吹来一缕缕饿了似的花香；夹带着些潮湿的草丛的气息和泥土的滋味。园外田亩和沼泽里，又时时送过些新插的秧，少壮的麦，和成荫的柳树的清新的蒸气。这些虽非甜美，却能强烈地刺激我的鼻观，使我有愉快的倦怠之感。

看啊，那都是歌中所有的：我用耳，也用眼，鼻，舌，身，听着；也用心唱着。我终于被一种健康的麻痹袭取了。于是为歌所有。此后只由歌独自唱着，听着；世界上便只有歌声了。

一个人在途上

——郁达夫

在东车站的长廊下和女人分开以后，自家又剩了孤零丁的一个。频年飘泊惯的两口儿，这一回的离散，倒也算不得什么特别，可是端午节那天，龙儿刚死，到这时候北京城里虽已起了秋风，但是计算起来，去儿子的死期，究竟还只有一百来天。在车座里，稍稍把意识恢复转来的时候，自家就想起了卢骚①晚年的作品《孤独散步者的梦想》②的头上的几句话：

---

① 现译为卢梭（1712—1778），法国启蒙思想家、哲学家。
② 今译《一个孤独的散步者的梦》。

自家除了己身以外，已经没有弟兄，没有邻

人，没有朋友，没有社会了。自家在这世上，像这

样的，已经成了一个孤独者了……

　　然而当年的卢骚还有弃养在孤儿院内的五个儿子，而我自己哩，连一个抚育到五岁的儿子都还抓不住！

　　离家的远别，本来也只为想养活妻儿。去年在某大学的被逐，是万料不到的事情。其后兵乱迭起，交通阻绝，当寒冬的十月，会病倒在沪上，也是谁也料想不到的。今年二月，好容易到得南方，静息了一年之半，谁知这刚养得出趣的龙儿又会遭此凶疾呢?

　　龙儿的病根，本是在广州得着，匆促北航，到了上海，接连接了几个北京来的电报。换船到天津，已经是旧历的五月初十。到家之夜，一见了门上的白纸条儿，心里已经跳得忙乱，从苍茫的暮色里赶到哥哥家中，见了衰病的她，因为在大众之前，勉强将感情压住。草草吃了夜饭，上床就寝，把电灯一灭，两人只有紧抱的痛哭，痛哭，痛哭，只是痛哭，气也换不过来，更哪里有说一句话的余裕?

　　受苦的时间，的确脱煞过去的太悠徐，今年的夏季，只

是悲叹的连续。晚上上床，两口儿，哪敢提一句话？可怜这两个迷散的灵心，在电灯灭黑的黝暗里，所摸走的荒路，每会凑集在一条线上，这路的交叉点里，只有一块小小的墓碑，墓碑上只有"龙儿之墓"的四个红字。

妻儿因为在浙江老家内不能和母亲同住，不得已而搬往北京当时我在寄食的哥哥家去，是去年的四月中旬。那时候龙儿正长得肥满可爱，一举一动，处处教人欢喜。到了五月初，从某地回京，觉得哥哥家太狭小，就在什刹海的北岸，租定了一间渺小的住宅。夫妻两个日日和龙儿伴乐，闲时也常在北海的荷花深处，及门前的杨柳阴中带龙儿去走走。这一年的暑假，总算过得最快乐，最闲适。

秋风吹叶落的时候，别了龙儿和女人，再上某地大学去为朋友帮忙，当时他们俩还往西车站去送我来哩！这是去年秋晚的事情，想起来还同昨日的情形一样。

过了一月，某地的学校里发生事情，又回京了一次，在什刹海小住了两星期，本来打算不再出京了，然碍于朋友的面子，又不得不于一天寒风刺骨的黄昏，上西车站去乘车。这时候因为怕龙儿要哭，自己和女人，吃过晚饭，便只说要往哥哥家里去，只许他送我们到门口。记得那一天晚上他一个人和老妈子立在门口，等我们俩去了好远，还"爸爸！爸爸！"的叫了好几声。啊啊，这几声的呼唤，是我在这世上听到的他叫我的最后的声音！

出京之后，到某地住了一宵，就匆促逃往上海。接续便染了病，遇了强盗辈的争夺政权，其后赴南方暂住，一直到今年的五月，才返北京。

想起来，龙儿实在是一个填债的儿子，是当乱离困厄的这几年中间，特来安慰我和他娘的愁闷的使者！

自从他在安庆生落以来，我自己没有一天脱离过苦闷，没有一处安住到五个月以上。我的女人，也和我分担着十字架的重负，只是东西南北的奔波飘泊。然当日夜难安，悲苦得不了的时候，只教他的笑脸一开，女人和我，就可以把一切穷愁，丢在脑后。而今年五月初十待我赶到北京的时候，他的尸体，早已在妙光阁的广谊园地下躺着了。

他的病，说是脑膜炎。自从得病之日起，一直到旧历端午节的午时绝命的时候止，中间经过有一个多月的光景。平时被我们宠坏了的他，听说此番病里，却乖顺得非常。叫他吃药，他就大口的吃，叫他用冰枕，他就很柔顺的躺上。病后还能说话的时候，只问他的娘"爸爸几时回来？""爸爸在上海为我定做的小皮鞋，已经做好了没有？"我的女人，于惑乱之余，每幽幽地问他："龙！你晓得你这一场病，会不会死的？"他老是很不愿意的回答说："哪儿会死的哩？"据女人含泪的告诉我说，他的谈吐，绝不似一个五岁的小儿。

未病之前一个月的时候，有一天午后他在门口玩耍，看见西面来了一乘马车，马车里坐着一个戴灰白帽子的青年。他远远看见，就急忙丢下了伴侣，跑进屋里去叫他娘出来，说："爸爸回来了，爸爸回来了！"因为我去年离京时所戴的，是一样的一顶白灰呢帽。他娘跟他出来到门前，马车已经过去了，他就死劲的拉住了他娘，哭喊着说："爸爸怎么不家来吓？爸爸怎么不家来吓？"他娘说慰了半天，他还尽是哭着，这也是他娘含泪和我说的。现在回想起来，自己实在不该抛弃了他们，一个人在外面流荡，致使他那小小的灵心，常有这望远思亲之痛。

去年六月，搬往什刹海之后，有一次我们在堤上散步，因为他看见了人家的汽车，硬是哭着要坐，被我痛打了一顿。又有一次，也是因为要穿洋服，受了我的毒打。这实在只能怪我做父亲的没有能力，不能做洋服给他穿，雇汽车给他坐。早知他要这样的早死，我就是典当抢劫，也应该去弄一点钱来，满足他的无邪的欲望。到现在追想起来，实在觉得对他不起，实在是我太无容人之量了。

我女人说，濒死的前五天，在病院里，他连叫了几夜的爸爸！她问他"叫爸爸干什么？"他又不响了，停一会儿，就又再叫起来。到了旧历五月初三日，他已入了昏迷状态，医师替他抽骨髓，他只会直叫一声"干吗？"喉头的气管，咯咯在抽咽，眼睛只往上吊送，口头流些白沫，然而一口气总不肯断。他娘哭叫几声"龙！龙！"他的眼角上，就会迸流些眼泪出来，后来他娘看他苦得难过，倒对他说：

"龙！你若是没有命的，就好好的去吧！你是不是想等爸爸回来？就是你爸爸回来，也不过是这样的替你医治罢了。龙！你有什么不了的心愿呢？龙！与其这样的抽咽受苦，你还不如快快的去吧！"

他听了这一段话，眼角上的眼泪，更是涌流得厉害。到了旧历端午节的午时，他竟等不着我的回来，终于断气了。

丧葬之后，女人搬往哥哥家里，暂住了几天。我于五月十日晚上，下车赶到什刹海的寓宅，打门打了半天，没有应声，后来抬头一看，才见了一张告示邮差送信的白纸条。

自从龙儿生病以后，连日连夜看护久已倦了的她，又哪里经得起最后的这一个打击？自己当到京之夜，见了她的衰容，见了她的泪眼，又哪里能够不痛哭呢？

在哥哥家里小住了两三天，我因为想追求龙儿生前的遗迹，一定要女人和我仍复搬回什刹海的住宅去住它一两个月。

搬回去那天，一进上屋的门，就见了一张被他玩破的今年正月里的花灯。听说这张花灯，是南城大姨妈送他的，因为他自家烧破了一个窟窿，他还哭过好几次来的。

其次，便是上房里砖上的几堆烧纸钱的痕迹！当他下殓时烧给他的。

院子里有一架葡萄，两棵枣树，去年采取葡萄枣子的时候，他站在树下，兜起了大褂，仰头在看树上的我。我摘取一颗，丢入了他的大褂兜里，他的哄笑声，要继续到三五分钟。今年这两棵枣树，结满了青青的枣子，风起的半夜里，老有熟极的枣子辞枝自落。女人和我，睡在床上，有时候且哭且谈，总要到更深人静，方能入睡。在这样的幽幽的谈话中间，最怕听的，就是这滴答的坠枣之声。

到京的第二日，和女人去看他的坟墓。先在一家南纸铺里买了许多冥府的钞票，预备去烧送给他。直到到了妙光阁的广谊园茔地门前，她方从呜咽里清醒过来，说："这是钞票，他一个小孩如何用得呢？"就又回车转来，到琉璃厂去买了些有孔的纸钱。她在坟前哭了一阵，把纸钱钞票烧化的时候，却叫着说：

"龙！这一堆是钞票，你收在那里，待长大了的时候再用，要买什么，你先拿这一堆钱去用吧！"

这一天在他的坟上坐着，我们直到午后七点，太阳平西的时候，才回家来。临走的时候，他娘还哭叫着说：

"龙！龙！你一个人在这里不怕冷静的么？龙！龙！人家若来欺你，你晚上来告诉娘吧！你怎么不想回来了呢？你怎么梦也不来托一个呢？"

箱子里，还有许多散放着的他的小衣服。今年北京的天气，到七月中旬，已经是很冷了。当微凉的早晚，我们俩都想换上几件夹衣，然而因为怕见到他旧时的夹衣袍袜，我们俩却尽是一天一天的捱着，谁也不说出口来，说"要换上件夹衫"。

有一次和女人在那里睡午觉，她骤然从床上坐了起来，鞋也不穿，光着袜子，跑上了上房起坐室里，并且更掀帘跑上外面院子里去。我也莫名其妙跟着她跑到外面的时候，只见她在那里四面找寻什么，找寻不着，呆立了一会，她忽然放声哭了起来，并且抱住了我急急的追问说："你听不听见？你听不听见？"哭完之后，她才告诉我说，在半醒半睡的中间，她听见"娘！娘！"的叫了两声，的确是龙的声音，她很坚定的说："的确是龙回来了。"

北京的朋友亲戚，为安慰我们起见，今年夏天常请我们俩去吃饭听戏，她老不愿意和我同去，因为去年的六月，我们无论上那里去玩，龙儿是常和我们在一处的。

今年的一个暑假，就是这样的，在悲叹和幻梦的中间消逝了。

这一回南方来催我就道的信，过于匆促，出发之前，我觉得还有一件大事情没有做了。

中秋节前新搬了家，为修理房屋，部署杂事，就忙了一个星期。出发之前，又因了种种琐事，不能抽出空来，再上龙儿的墓地里去探望一回。女人上东车站来送我上车的时候，我心里尽酸一阵痛一阵的在回念这一件恨事。有好几次想和她说出来，教她于两三日后再往妙光阁去探望一趟，但见了她的憔悴尽的颜色，和苦忍住的凄楚，又终于一句话也没有讲成。

现在去北京远了，去龙儿更远了，自家只一个人，只是孤零丁的一个人，在这里继续此生中大约是完不了的飘泊。

零余者

Arm am Beutel，Krank am Herzen,

Schleppt ich meine langen Tage.

Armut ist die groesste plage,

Reichtum ist das hoechste Gut.

    不晓在什么时候什么地方看见过这几句诗，轻轻的在口头念着，我两脚合了微吟的拍子，又慢慢的在一条城外的大道上走了。

    袋里无钱，心头多恨。

    这样无聊的日子，教我捱到何时始尽。

啊啊，贫苦是最大的灾星，

　　富裕是最大的幸运。

　　诗的意思，大约不外乎此，实际上人生的一切，我想也尽于此了。"不过令人愁闷的贫苦，何以与我这样的有缘？使人生快乐的富裕，何以总与我绝对的不来接近？"我眼睛呆呆的注视着前面空处，两脚一步一步踏上前去，一面口中虽在微吟，一面于无意中又在作这些牢骚的想头。

　　是日斜的午后，残冬的日影，大约不久也将收敛光辉了；城外一带的空气，仿佛要凝结拢来的样子。视野中散在那里的灰色的城墙，冰冻的河道，沙土的空地荒田，和几丛枯曲的疏树，都披了淡薄的斜阳，在那里伴人的孤独。一直前面大约在半里多路前的几个行人，因为他们和我中间距离太远了，在我脑里竟不发生什么影响。我觉得他们的几个肉体，和散在道旁的几家泥屋及左面远立着的教会堂，都是一类的东西；散漫零乱，中间没有半点联络，也没有半点生气，当然也没有一些儿的情感了。

　　"唉嘿，我也不知在这里干什么？"

　　微吟倦了，我不知不觉便轻轻的长叹了一声，慢慢的走去，脑里的思想，只往昏暗的方面进行；我的头愈俯愈下了。

　　——实在我的衰退之期，来得太早了。……像这样一个人在郊外独步的时候，若我的身子忽能同一堆春雪遇着热汤似的消化得干干净净，岂不很好么？……回想起来，又觉得我过去二十余年的生涯是很长的样子，……我什么事情没有做过？……儿子也生了，女人也有了，书也念了，考也考过好几次了，哭也哭过，笑也笑过，嫖赌吃著，心里发怒，受人欺辱，种种事情，种种行为，我都经验过了，我还有什么事情没有做过？……等一等，让我再想一想看，究竟有没有什么我没有经验过的事情了，……自家死还没有死过，啊，还有还有，我高声骂人的事情还不曾有过，譬如气得不得了的时候，放大了喉咙，把敌人大骂一场的事情。就是复仇复了的时候的快感，我还没有感得过。……啊啊！还有还有，监牢还不曾坐过，……唉，但是假使这些事情，都被我经验过了，也有什么？结果还不是一个空么？……嘿嘿，嗯嗯。——到了这里，我的思想的连续又断了。

　　袋里无钱，心头多恨，

155

这样无聊的日子，教我捱到何时始尽。

啊啊！贫苦是最大的灾星，

富裕是最大的幸运。

　　微微的重新念着前诗，我抬起头来一看，觉得太阳好像往西边又落了一段，倒在右首路上的影子，更长起来了。从后面来的几乘人力车，也慢慢的赶过了我。一边让他们的路，一边我听取了坐车的人和车夫在那里谈话的几句断片。他们的话题，好像是关于女人的事情。啊啊，可羡的你们这几个虚无主义者，你们大约是上前边黄土坑去买快乐去的吧，我见了你们，倒恨起我自家没有以前的生趣来了。

　　一边想一边往西北的走去，不知不觉已走到了京绥铁路的路线上。从此偏东北的再进几步，经过了白房子的地狱，便可顺了通万牲园的大道进西直门去的。苍凉的暮色，从我的灰黄的周围逼近拢来，那倾斜的赤日，也一步一步的低垂下去了。大好的夕阳，留不多时，我自家以为在冥想里沉没得不久，而四边的急景，却告诉我黄昏将至了。在这荒野里的物体的影子，渐渐的散漫了起来。

　　不知从何处吹来的微风，也有些急促的样子，带着一种惨伤的寒意。后面踱踱踱踱的又来了一乘空的运货马车，一个披着光面皮里子的车夫，默默的斜坐在前头车板上吃烟，我忽而感觉得天寒岁暮，好像一个人漂泊在俄国的乡下。马车去远了，白房子的门外，有几乘黑旧的人力车停在那里。车夫大约坐在踏脚板上休息，所以看不出他们的影子来。我避过了白房子的地狱，从一块高墩上的地里，打算走上通西直门的大道上去。从这高处向四边一望，见了凋丧零乱排列灰色幕上的野景，更使我感得了一种日暮的悲哀。

——唉唉，人生实在不知究竟是什么一回事？歌歌哭哭，死死生生，……世界社会，兄弟朋友，妻子父母，还有恋爱，啊吓，恋爱，恋爱，恋爱，……还有金钱，……啊啊……

Armut ist die groesste plage,

Reichtum ist das hoechste Gut.

好诗好诗！

The curfew tolls the knell of parting day,

The lowing herd winds slowly o' er the log,

The ploughman homeward plods his weary way

And leaves the world to darkness and to me.

好诗好诗！

And leaves the world to darkness and to me.

　　我的错杂的思想，又这样的弥散开来了。天空高处，寒风呜呜的响了几下。我俯倒了头，尽往东北的走去，天就快黑了。

　　远远的城外河边，有几点灯火，看得出来；大约紫蓝的天空里，也有几点疏星放起光来了吧？大道上断续的有几乘空马车来往，车轮的蹀蹀蹀蹀的声音，好像是空虚的人生的反响，在灰暗寂寞的空气中散了。我遵了大道，以几点灯火作了目标，将走近西直门的时候，模糊隐约的我的脑里，忽而起了一个霹雳。到这时候止，常在脑里起伏的那些毫无系统的思想，都集中在一个中心点上，成了一个霹雳，显现了出来。

　　"我是一个真正的零余者！"

这就是霹雳的核心，另外的许多思想，不过是那些附属在这霹雳上的枝节而已。这样的忽而发见了思想的中心点，以后我就用了科学的方法推想了下去：

——我的确是一个零余者，所以对于社会人世是完全没有用的。a superfluous man! a useless man! superfluous! superfluous……①证据呢？这是很容易证明的……。——

这时候，我的两只脚已经在西直门内的大街上运转。四边来往的人类，究竟比城外混杂得多。天也已经昏黑，道旁的几家破店和小摊，都点上灯了。

——第一……我且从远处说起吧……第一，我对于世界是完全没有用的。……我这样生在这里，世界和世界上的人类，也不能受一点益处；反之，我死了，世界社会，也没有一些儿损害，这是千真万确的。……第二，且说中国吧！对于这样混乱的中国，我竟不能制造一个炸弹，杀死一个坏人。中国生我养我，有什么用处呢？……再缩小一点，嗳，再缩小一点，第三，第三且说家庭吧！啊，对于我的家庭，我却是个少不得的人了。在外国念书的时候，已故的祖母听

---

① 译为"一个多余的人！一个没用的人！多余的！多余的……"

见说我有病，就要哭得两眼红肿。就是半男性的母亲，当我有一次醉死在朋友家里的时候，也急得大哭起来。此外我的女人，我的小孩，当然是少我不得的！哈哈，还好还好，我还是个有用之人。——

想到了这里，我的思想上又起了一个冲突。前刻发现的那个思想上的霹雳，几乎可以取消的样子，但迟疑了一会，我终究解决不了这个问题的矛盾性。抬起头来一看，我才知道我的身体已被我搬在一条比较热闹的长街上行动。街路两旁的灯火很多，来往的车辆也不少，人声也很嘈杂，已经是真正的黄昏时候了。

——像这样的时候，若我的女人在北京，大约我总不会到市上来飘荡的吧！在灯火底下，抱了自家的儿子，一边吻吻他的小嘴，一边和来往厨下忙碌的她问答几句，踱来踱去，踱去踱来，多少快乐啊！啊啊，我对于我的女人，还是一个有用之人哩！不错不错，前一个疑问还没有解决，我究竟还是一个有用之人么？——

这时候，我意识里的一切周围的印象，又消失了。我还是伏倒了头，慢慢的在解决我的疑问：

——家庭，家庭，……第三，家庭，……让我看，哦，啊，我对于家庭还是一个完全无用之人！……丝毫没有功利主义的存心，完全沉溺于盲目之爱的我的祖母，已经死了。母亲呢？……啊啊，我读书学术，到了现在，还不能做出一点轰轰烈烈的事业来，就是这几个钱……。——

　　我那时候两只手却插在大氅的袋内，想到了这里，两只手自然而然的向袋里散放着的几张钞票捏了一捏。

　　——啊啊，就是这几块钱，还是昨天从母亲那里寄出来的，我对于母亲有什么用处呢？我对于家庭有什么用处呢？我的女人，我不去娶她，总有人会娶她的；我的小孩，我不去生他，也有人会生他的，我完全是一个无用之人吓，我依旧是一个无用之人吓！——

　　急转直下的想到了这里，我的胸前忽觉得有一块铁板压着似的难过得很。我想放大了喉咙，啊地大叫它一声，但是把嘴张了好几次，喉头终放不出音来。没有方法，我只能放大了脚步，向前同跑也似的急进了几步。这样的不知走了几分钟，我看见一乘人力车跑上前来兜我的买卖。我不问皂白，跨上了车就坐定了。车夫问我上什么地方去，我用手向前指指，喉咙只是和被热铁封锁住的一样，一句话也讲不出来。人力车向前面跑去，我只见许多灯火人类，和许多不能类列的物体，在我的两旁旋转。

"前进，前进！像这样的前进吧！不要休止，不要停下来！"

我心里一边在这样的希望，一边却在恨车夫跑得太慢。

秋夜吟

—— 郑振铎

幸亏找到小石。这一年的夏天特别热，整个夏天我以面包和凉开水作为午餐；等太阳下去，才就从那蛰居小楼的蒸烤中溜出来，嘘一口气，兜着圈子。走冷僻的路到他家里，用我们的话，"吃一顿正式的饭"。

小石是一个顽皮的学生，在教室里发问最多，先生们一不小心，就要受窘。但这次在忧患中遇见，他却变得那么沉默寡言了。既不问我为什么不到内地去，也不问我在上海还有什么任务，当然不问我为什么不住在庙弄，绝对不问我如今住在什么地方。

我突然的找到他了，突然每晚到他家里吃饭了，然而这仿佛是平常不过的事，早已如此，一点不突然。料理饮食的也是小石一位朋友的老太太，我们共同享用着正正式式的刚煮好的饭，还有汤，——那位老太太在午间从不为自己弄汤菜，那是太奢侈了。——在那里，我有一种安全的感觉。直到有一次我在这"晚宴"上偶然缺席，第二天去时看到他们的脸上是怎样从焦虑中得到解放，才知道他们是如何理解我的不安。那位老太太手里提着铲刀，迎着我说："哎呀，郑先生，您下次不来吃饭最好打电话来关照一声啊，我们还当您怎么了呢。"

然而小石连这个也不说。

于是只好轮到我找一点话，在吃过晚饭以后，什么版画，元曲，变文，老庄哲学，都拿来乱谈一顿，自己听听很像是在上文学史之类，有点可笑。

于是我们就去遛马路。

有时同着二房东的胖女孩，有时拉着后楼的小姐L，大家心里舒舒坦坦的出去"走风凉"，小石是喜欢魏晋风的，就名之谓"行散"。

遛着遛着也成为日课，一直到光脚踏屐的清脆叩声渐渐冷落下来，后门口乘风凉的人们都缩进屋里去了，我们行散的性质依然不减。

秋天的黄昏比夏天的更好，暮霭像轻纱似的一层一层笼罩上来，迷迷糊糊的雾气被凉风吹散。夜了，反觉得亮了些，天蓝得清清静静，撑得高高的，嵌出晶莹皎洁的月亮，真是濯心涤神，非但忘却追捕、躲避、恐怖、愤怒，直要把思维上腾到国家世界以外去。

我们一边走着，一边谈性灵，谈人类的命运，争辩月之美是圆时还是缺时，是微云轻抹还是万里无垠……

小石的住所朝南朝南再朝南，是徐家汇路，临着一条河，河南大都是空地和田，没有房子遮着，天空更畅得开。我们从打浦桥顺着河沿往下走往下走，把一道土堆算城墙，又一幢黑魆魆的房屋算童话里的堡垒，听听河水是不是在流。

走得微倦，便靠在河边一株横倒的树干上，大家都不谈话。

可是一阵风吹过来，夹着河水污浊的气味，熏得我们站起来。这条河在白天原是不可向迩的。"夜只是遮盖，现实到底是现实，不能化朽腐为神奇！"小石叹了口气。

觉着有点凉，我随手取起了放在树干上的外衣，想穿。

"嘎！"L叫了起来："有毛毛虫。"外衣上附着两只毛虫呢，连忙抖拍下去。大家一阵忙，皮肤起着栗，好像有虫在爬。

"不要神经过敏，听，叫哥哥①在叫呢。"

"不，那是纺织娘。"

"哪里，那一定是铜管娘。"

"什么铜管娘，昆虫学里没有的名字。"

其实谁也没有研究过昆虫学。热心的争论起来了，把毛毛虫的不快就此抖掉。

"听，那边更多呢。"

"那边更多呢。"

一路倾听过去，忽然有一个孩子的声音叫："在这里了。"

那是一个穿了睡衣裤的小孩，手里执着小竹笼，一条辫子梢上还系着红线，一条辫子已经散了，大概是睡了听了叫哥哥叫的热闹又爬起来的。

"你不要动，等我捉。"铁丝网那边的丛莽中有一个男人在捉，看样子很是外行，拿了盒火柴，一根根划着。

---

① 叫哥哥：方言，即蝈蝈。

秋虫的声音到处都是，可是去捉呢，又像在这里，又像在那里，孩子怕铁丝网刺他，又急着捉不到，直叫。

小石也钻进丛莽里去了。

一个骑自行车的人经过，也停了下来，放好了车，取下了车上的电石灯，也加入去捉了。

这人可是个惯家，捉了一会儿，他说："不行，这样，你拿着灯，我们来捉。"原来的男人很听话的赶快把灯接过来，很合拍的照亮着。

果然，不一会儿，骑自行车的人就捉到了一只，大家钻出来，孩子喜欢得直跳。

骑自行车的人大大的手里夹着叫哥哥，因为感觉到大家欣赏他的成功而害羞，怯怯的说道："给谁呢？给谁呢？"

原来在捉的男人就推给小石说："先给他吧，他不会捉的。"孩子也说："给你吧，我们还好再捉。"

小石被这亲热的推让和赠予弄得不好意思起来，连忙走开去，说："哪里，哪里，我原不想要，我是帮你们捉的。"想想自己又不会捉，又改说，"我不过凑凑热闹。"

我们也说："小妹妹别客气了，把它放在笼子里吧，看逃掉了。"

那个孩子才欢欢喜喜感谢的要了，男人和骑自行车的人又钻进丛莽中去。

小石一边走，一边笑，一边咕噜："我又不是小孩子。推给我做什么。"

L说："人家当你比那个小孩还小啦。这又有什么可脸红的呢。"

于是小石就辩了："月亮光底下看得出脸红脸白么？"

其实我们大家都饫饮这善良的温情而陶然了。

走得很远，回过头去，还看得见丛莽里一闪一闪亮着自行车的摩电灯。

山市

———郑振铎

　　未至滴翠轩时，听说那个地方占着山的中腰，是上下山必由之路，重要的商店都开设在那里。第二次清晨到楼下观望时，却很清静，不像市场的样子。楼下只有三间铺子。商务书馆是最大，此外还有一家出卖棉织衣服店，一家五金店。东边是下山之路，一面是山壁，一面是竹林；底下是铁路饭店。

　　"这里下山要到三桥埠才有市集呢。"茶房告诉我说。西边上去，竹荫密密的遮盖在小路上，景物很不坏！——后来我曾时时到这条路上散步，——但也不见有商店的影子。茶房说，由此上去，有好几家铺子，最大的元泰也在那里。我和心南先生沿了这条路走去，不到三四百余步，果然见几家竹器店，水果店，再过去是上海银行，元泰食物店及三五家牛肉庄，花边店，竹器店；如此而已。那就是所谓山市。但心南先生说，后山还有一个大市场，老妈子天天都到那里去买菜。

滴翠轩的楼廊，是最可赞许的地方，又阔又敞，眼界又远，是全座"轩"最好的所在。

一家竹器店正在编做竹的躺椅。"应该有一张躺椅放在廊前躺躺才好，"我这样想，便对这店的老板说，"这张躺椅卖不卖？"

"这是外国人定做的，您要，再替您做一张好了，三天就有。"

"照这样子，"我的身体躺在这将成的椅上试了一试，说，"还要长了二三寸。价钱要多少？"

"替外国人做，自然要贵些，这一张是四块钱，但您如果要，可以照本给您做。只要三块八角，不能再少。"

我望望心南先生，要他还价，因为这间铺子他曾买过几样东西，算是老主顾了。

"三块钱，我看可以做了。"心南先生说。

"不能，先生，实在不够本。"

"那末，三块四角钱吧，不做随便你。"我一边走，一边说。

"好了，好了，替您做一张就是。"

"三天以后，一定要有，尺寸不能短少，一定要比这张长三寸。"

"一定，一定，我们这里不会错的，说一句是一句，请先付定洋。"

我付了定洋，走了。

第二天去看，他们还没有动手做。

"怎么不做，来得及么？大后天一定要的，因为等要用。"

"有的，一定有的，请您放心。"

第三天早晨，到山上去，走过门前，顺便去看看，他们才在扎竹架子。

"明天椅子有没有？一定要送去的。"

"这两天生意太忙，对不起。后天给你送去吧。今天动手做，无论如何，明天不会好的。"

再过一天，见他们还没有把椅子送来，又跑去看。大体是已经做好了。老板说："下午一定有，随即给你送来。"

躺在椅上试了一试，似乎不对，比前次的一张还要短。

"怎么更短了？"

"没有，先生，已经特别放长了。"

前次定做的那张椅子还挂在墙角，没有取去。

"把那张拿下来比比看。"我说。

一比，果然反短了二寸，不由人不生气！山里做买卖的人总以为比都市里会老实些，不料这种推测却完全错误！

"我不要了，说话怎么不作准？说好放长三寸的，怎么反短了二寸！"

"先生，没有短，是放长的，因为样子不同，前面靠脚处把您编得短些，所以您觉得它短了。"

"明明是短！"我用了尺去量后说。

争执了半天，结果是量好了尺寸，叫他们再做一只。两天后一定有。

这一次才没有偷减了尺寸。

每次到山脊上散步时，总觉得山后田间的景色很不坏。有一天绝早，天色还没有发亮，便起了床，自己预备洗脸水。到了一切都收拾好时，天色刚刚有些淡灰色。于是独自一人的便动身了。到了山脊，再往下走时，太阳已如大血盘似的出现于东方。山后有一个小市场，几家茶馆饭铺，几家米店，兼售青菜及鸡。还有一家肉店。集旁是一小队保安队的驻所，情况很寂寥，并不热闹。心南先生所说的市集，难道就是这里么？我有些怀疑。

由这市集再往下走，沿途风物很秀美。满山都是竹林，间有流泉淙淙的作响。有一座小桥，架于溪上，几个村姑在溪潭旁捶洗衣服。在在都可入画。只是路途渐渐的峻峭了，毁坏了，有时且寻不出途径，一路都是乱石。走了半个钟头，还没有到山脚。头上汗珠津津的渗出，太阳光在这边却还没有，因为是山阴。沿路一个人也没有遇到。良久，才见下面有一个穿蓝布衣的人向上走。到了临近，见他手执一个酱油瓶，知道是到市集去的。

"这里到山脚下还有多少路？"

他以怀疑的眼光望着我，答道："远呢，远呢，还有三五里路呢。你到那边有什么事？"

"不过游玩游玩而已。"

"山路不好走呢。一路上都是石子，且又高峻。"

我不理他，继续的走下去，不到半里路，却到了一个村落，且路途并不坏，较上面的一段平坦多了。不知这个人为什么要说谎。一条溪水安舒的在平地上流着，红冠的白鹅安舒的在水面上游着。一群孩子立在水中拍水为戏，嘻嘻哈哈的大笑大叫，母亲们正在水边洗菜蔬。屋上的烟囱中，升出一缕缕的炊烟。

一只村犬见了生人，汪汪的大叫起来，四面的犬应声而吠，这安静的晨村，立刻充满了紧张的恐怖气象。孩子们和母亲们都停了游戏，停了工作，诧异的望着我。几只犬追逐在后面吠叫。亏得我有一根司的克①护身，才能把它们吓跑了。它们只远远的追吠，不敢走近来。山行真不能不带司的克，一面可以为行山之助，一面又可以防身，走到草莽丛杂时，可以拨打开蛇虫之类，同时还可以吓吓犬！

沿了溪边走下去，一路都是水田，用竹竿搭了一座瓜架，就架在水面上；满架都是黄色的花，也已有几个早结的绿皮的瓜。那样有趣而可爱的瓜架，我从不曾见过。再下面是一个深潭，绿色的水，莹静的停储在那里，我静静的立着，可以照见自己的面貌。高山如翠绿屏风似的围绕于三

---

① 英语stick的音译，即手杖。

面。静悄悄的一点人声鸟声都没有。能在那里静立一二个钟头，那真是一种清福。但偶一抬头，却见太阳光已经照在山腰了。

一看表，已经七点，不能不回去了。再经过那个村落时，犬和人却都已进屋去，不再看见。到了市集，却忘了上山脊的路，去问保安队，他们却说不知。保安队会不知驻在地的路径，那真有些奇闻！我不再问他们，自己试了几次，终于到达了山脊，由那里到家，便是熟路了。

回家后，问问心南先生，他们说的大市集原来果是那里。山市竟是如此的寂寥的，那是我初想不到的；山中人原却并不比都市中人朴无欺诈，那也是我初想不到的。

自剖

—— 徐志摩

　　我是个好动的人：每回我身体行动的时候，我的思想也仿佛就跟着跳荡。我做的诗，不论它们是怎样的"无聊"，有不少是在行旅期中想起的。我爱动，爱看动的事物，爱活泼的人，爱水，爱空中的飞鸟，爱车窗外掣过的田野山水。星光的闪动，草叶上露珠的颤动，花须在微风中的摇动，雷雨时云空的变动，大海中波涛的汹涌，都是在在触动我感兴的情景。是动，不论是什么性质，就是我的兴趣，我的灵感。是动就会催快我的呼吸，加添我的生命。

　　近来却大大的变样了。第一我自身的肢体，已不如原先灵活；我的心也同样的感受了不知是年岁还是什么的拘絷。动的现象再不能给我欢喜，给我启示。先前我看着在阳光中闪烁的金波，就仿佛看见了神仙宫阙——什么荒诞美丽的幻觉，不在我的脑中一闪闪的掠过；现在不同了，阳光只是阳光，流波只是流波，任凭景色怎样的灿烂，再也照不化我的呆木的心灵。我的思想，如其偶尔有，也只似岩石上的藤萝，贴着枯干的粗糙的石面，极困难的蜒着；颜色是苍黑的，姿态是倔强的。

　　我自己也不懂得何以这变迁来得这样的兀突，这样的深彻。原先我在人前自觉竟是一注的流泉，在在有飞沫，在在有闪光；现在这泉眼，如其还在，仿佛是叫一块石板不留余隙的给镇住了。我再没有先前那样蓬勃的情趣，每回我想说话的时候，就觉着那石块的重压，怎么也掀不动，怎么也推不开，结果只能自安沉默！"你再不用想什么了，你再没有什么可想的了"；"你再不用开口了，你再没有什么话可说的了"，我常觉得我沉闷的心府里有这样半嘲讽半吊唁的谆嘱。

　　说来我思想上或经验上也并不曾经受什么过分剧烈的戟刺。我处境是向来顺的，现在，如其有不同，只是更顺了的。那么为什么这变迁？远的不说，就比如我年前到欧洲去时的心境：啊！我那时还不是一只初长毛角的野鹿？什么颜色不激动我的视觉，什么香味不奋兴我的嗅觉？

我记得我在意大利写游记的时候，情绪是何等的活泼，兴趣何等的醇厚，一路来眼见耳听心感的种种，那一样不活栩栩的丛集在我的笔端，争求充分的表现！如今呢？我这次到南方去，来回也有一个多月的光景，这期内眼见耳听心感的事物也该有不少。我未动身前，又何尝不自喜此去又可以有机会饱餐西湖的风色，邓尉的梅香——单提一两件最合我脾胃的事。

有好多朋友也曾期望我在这闲暇的假期中采集一点江南风趣，归来时，至少也该带回一两篇爽口的诗文，给在北京泥土的空气中活命的朋友们一些清醒的消遣。但在事实上不但在南中时我白瞪着大眼，看天亮换天昏，又闭上了眼，拼天昏换天亮，一枝秃笔跟着我涉海去，又跟着我涉海回来，正如岩洞里的一根石笋，压根儿就没一点摇动的消息；就在我回京后这十来天，任凭朋友们怎样的催促，自己良心怎样的责备，我的笔尖上还是滴不出一点墨渖来。我也曾勉强想想，勉强想写，但到底还是白费！可怕是这心灵骤然的呆顿。完全死了不成？我自己在疑惑。

说来是时局也许有关系。我到京几天就逢着空前的血案。

五卅事件发生时我正在意大利山中，采茉莉花编花篮儿玩，翡冷翠山中只见明星与流萤的交唤，花香与山色的温存，俗氛是吹不到的。直到七月间到了伦敦，我才理会国内风光的惨淡，等得我赶回来时，设想中的激昂，又早变成了明日黄花，看得见的痕迹只有满城黄墙上墨彩斑斓的"泣告"！

这回却不同。屠杀的事实不仅是在我住的城子里发见，我有时竟觉得是我自己的灵府里的一个惨象。杀死的不仅是青年们的生命，我自己的思想也仿佛遭着了致命的打击，比是国务院前的断脰残肢，再也不能回复生动与连贯。但这深刻的难受在我是无名的，是不能完全解释的。这回事变的奇惨性引起愤慨与悲切是一件事，但同时我们也知道在这根本起变态作用的社会里，什么怪诞的情形都是可能的。

屠杀无辜，远不是年来最平常的现象。自从内战纠结以来，在受战祸的区域内，那一处村落不曾分到过遭奸污的女性，屠残的骨肉，供牺牲的生命财产？这无非是给冤氛团结的地面上多添一团更集中更鲜艳的怨毒。再说那一个民族的解放史能不浓浓的染着Martyrs[1]的腔血？俄国革命的开幕就

———————

① 英文，意思是"很多烈士"。

是二十年前冬宫的血景。只要我们有识力认定，有胆量实行，我们理想中的革命，这回羔羊的血就不会是白涂的。所以我个人的沉闷决不完全是这回惨案引起的感情作用。

爱和平是我的生性。在怨毒，猜忌，残杀的空气中，我的神经每每感受一种不可名状的压迫。记得前年奉直战争时我过的那日子简直是一团黑漆，每晚更深时，独自抱着脑壳伏在书桌上受罪，仿佛整个时代的沉闷盖在我的头顶——直到写下了《毒药》那几首不成形的咒诅诗以后，我心头的紧张才渐渐的缓和下去。这回又有同样的情形；只觉着烦，只觉着闷，感想来时只是破碎，笔头只是笨滞。结果身体也不舒畅，像是蜡油涂抹住了全身毛窍似的难过，一天过去了又是一天，我这里又在重演更深独坐箍紧脑壳的姿势，窗外皎洁的月光，分明是在嘲讽我内心的枯窘！

不，我还得往更深处按。我不能叫这时局来替我思想骤然的呆顿负责，我得往我自己生活的底里找去。

平常有几种原因可以影响我们的心灵活动。实际生活的牵掣可以劫去我们心灵所需要的闲暇，积成一种压迫。在某种热烈的想望不曾得满足时，我们感觉精神上的烦闷与焦躁，失望更是颠覆内心平衡的一个大原因；较剧烈的种类可以麻痹我们的灵智，淹没我们的理性。但这些都合不上我的病源；因为我在实际生活里已经得到十分的幸运，我的潜在意识里，我敢说不该有什么压着的欲望在作怪。

但是在实际上反过来看，另有一种情形可以阻塞或是减少你心灵的活动。我们知道舒服，健康，幸福，是人生的目标，我们因此推想我们痛苦的起点是在望见那些目标而得不到的时候。

我们常听人说"假如我像某人那样生活无忧我一定可以好好的做事，不比现在整天的精神全化在琐碎的烦恼上"。我们又听说"我不能做事就为身体太坏，若是精神来得，那就……"我们又常常设想幸福的境界，我们想"只要有一个意中人在跟前那我一定奋发，什么事做不到？"但是不，在事实上，舒服，健康，幸福，不但不一定是帮助或奖励心灵生活的条件，它们有时正得相反的效果。我们看不起有钱人，在社会上得意人，肌肉过分发展的运动家，也正在此；至于年少人幻想中的美满幸福，我敢说等得当真有了红袖添香，你的书也就读不出所以然来，且不说什么在学问上或艺术上更认真的工作。

那末生活的满足是我的病源吗？

"在先前的日子，"一个真知我的朋友，就说，"正为是你生活不得平衡，正为你有欲望不得满足，你的压在内里的Libido①就形成一种升华的现象，结果你就借文学来发泄你生理上的郁结（你不常说你从事文学是一件不预期的事吗？）；这情形又容易在你的意识里形成一种虚幻的希望，因为你的写作得到一部分赞许，你就自以为确有相当创作的天赋以及独立思想的能力。但你只是自冤自，实在你并没有什么超人一等的天赋，你的设想多半是虚荣，你的以前的成绩只是升华的结果。

"所以现在等得你生活换了样，感情上有了安顿，你就发见你向来写作的来源顿呈萎缩甚至枯竭的现象；而你又不愿意承认这情形的实在，妄想到你身子以外去找你思想枯窘的原因，所以你就不由的感到深刻的烦闷。你只是对你自己生气，不甘心承认你自己的本相。不，你原来并没有三头六臂的！

"你对文艺并没有真兴趣，对学问并没有真热心。你本

_____

① 英文，译为"力比多"，精神分析学派用语。指人类生而具有的驱使个体寻求性欲快乐的力量。

来没有什么更高的志愿，除了相当合理的生活，你只配安分做一个平常人，享你命里注定的'幸福'；在事业界，在文艺创作界，在学问界内，全没有你的位置，你真的没有那能耐。不信你只要自问在你心里的心里有没有那无形的'推力'，整天整夜的恼着你，逼着你，督着你，放开实际生活的全部，单望着不可捉摸的创作境界里去冒险？

"是的，顶明显的关键就是那无形的推力或是冲动（The Impulse），没有它人类就没有科学，没有文学，没有艺术，没有一切超越功利实用性质的创作。你知道在国外（国内当然也有，许没那样多）有多少人被这无形的推力驱使，在实际生活上变成一种离魂病性质的变态动物，不但人间所有的虚荣永远沾不上他们的思想，就连维持生命的睡眠饮食，在他们都失了重要，他们全部的心力只是在他们那无形的推力所指示的特殊方向上集中应用。怪不得有人说天才是疯癫；我们在巴黎、伦敦不就到处碰得着这类怪人？

"如其他是一个美术家，恼着他的就只怎样可以完全表现他那理想中的形体；一个线条的准确，某种色彩的调谐，在他会得比他生身父母的生死与国家的存亡更重要，更迫切，更要求注意。我们知道专门学者有终身掘坟墓的，研究蚊虫生理的，观察亿万万里外一个星的动定的。并且他们决不问社会对于他们的劳力有否任何的认识，那就是虚荣的进路；他们是被一点无形的推力的魔鬼蛊定了的。

"这是关于文艺创作的话。你自问有没有这种情形。你也许经验过什么'灵感'，那也许有，但你却不要把刹那误认作永久的，虚幻认作真实。至于说思想与真实学问的话，那也得背后有一种推力，方向许不同，性质还是不变。做学问你得有原动的好奇心，得有天然热情的态度去做求知识的工夫。

"真思想家的准备，除了特强的理智，还得有一种原动的信仰；信仰或寻求信仰，是一切思想的出发点：极端的怀疑派思想也只是期望重新位置信仰的一种努力。从古来没有一个思想家不是宗教性的。在他们，各按各的倾向，一切人生的和理智的问题是实在有的；神的有无，善与恶，本体问题，认识问题，意志自由问题，在他们看来都是含逼迫性的现象，要求合理的解答——比山岭的崇高，水的流动，爱的甜蜜更真，更实在，更耸动。他们的一点心灵，就永远在他们设想的一种或多种问题的周围飞舞，旋绕，正如灯蛾之于火焰：牺牲自身来贯彻火焰中心的秘密，是他们共有的决心。

"这种惨烈的情形，你怕也没有吧？我不说你的心幕上就没有思想的影子；但它们怕只是虚影，像水面上的云影，云过影子就跟着消散，不是石上的溜痕越日久越深刻。

"这样说下来，你倒可以安心了！因为个人最大的悲剧是设想一个虚无的境界来谎骗你自己；骗不到底的时候你就得忍受'幻灭'的莫大的苦痛。与其那样，还不如及早认清自己的深浅，不要把不必要的负担，放上支撑不住的肩背，压坏你自己，还难免旁人的笑话！朋友，不要迷了，定下心来享你现成的福分吧；思想不是你的分，文艺创作不是你的分，独立的事业更不是你的分！天生扛了重担来的那也没法想。（那一个天才不是活受罪！）你是原来轻松的，这是多可羡慕，多可贺喜的一个发见！算了吧，朋友！"

辑四

次第花开，
岁月生香

消逝的钟声

——史铁生

站在台阶上张望那条小街的时候，我大约两岁多。

我记事早。我记事早的一个标记，是斯大林的死。有一天父亲把一个黑色镜框挂在墙上，奶奶抱着我走近看，说：斯大林死了。镜框中是一个陌生的老头儿，突出的特点是胡子都集中在上唇。在奶奶的涿州口音中，"斯"读三声。我心想，既如此还有什么好说，这个"大林"当然是死的呀？我不断重复奶奶的话，把"斯"读成三声，觉得有趣，觉得别人竟然都没有发现这一点可真是奇怪。多年以后我才知道，那是一九五三年，那年我两岁。

终于有一天奶奶领我走下台阶，走向小街的东端。我一直猜想那儿就是地的尽头，世界将在那儿陷落、消失——因为太阳从那儿爬上来的时候，它的背后好像什么也没有。谁料，那儿更像是一个喧闹的世界的开端。那儿交叉着另一条小街，那街上有酒馆，有杂货铺，有油坊、粮店和小吃摊；因为有小吃摊，那儿成为我多年之中最向往的去处。那儿还有从城外走来的骆驼队。

"什么呀，奶奶？""啊，骆驼。""干吗呢，它们？""驮煤。""驮到哪儿去呀？""驮进城里。"驼铃一路丁零当啷丁零当啷地响，骆驼的大脚蹚起尘土，昂首挺胸目空一切，七八头骆驼不紧不慢招摇过市，行人和车马都给它让路。我望着骆驼来的方向问："那儿是哪儿？"奶奶说："再往北就出城啦。""出城了是哪儿呀？""是城外。""城外什么样儿？""行了，别问啦！"我很想去看看城外，可奶奶领我朝另一个方向走。我说"不，我想去城外"，我说"奶奶我想去城外看看"，我不走了，蹲在地上不起来。奶奶拉起我往前走，我就哭。"带你去个更好玩儿的地方不好吗？那儿有好些小朋友……"我不听，一路哭。

越走越有些荒疏了，房屋零乱，住户也渐渐稀少。沿一道灰色的砖墙走了好一会儿，进了一个大门。啊，大门里豁然开朗，完全是另一番景象：大片大片寂静的树林，碎石小路蜿蜒其间。满地的败叶在风中滚动，踩上去吱吱作响。麻雀和灰喜鹊在林中草地上蹦蹦跳跳，坦然觅食。我止住哭声。我平生第一次看见了教堂，细密如烟的树枝后面，夕阳正染红了它的尖顶。

我跟着奶奶进了一座拱门，穿过长廊，走进一间宽大的房子。那儿有很多孩子，他们坐在高大的桌子后面只能露出脸。他们在唱歌。一个穿长袍的大胡子老头儿弹响风琴，琴声飘荡，满屋子里的阳光好像也随之飞扬起来。奶奶拉着我退出去，退到门口。

唱歌的孩子里面有我的堂兄，他看见了我们但不走过来，惟努力地唱歌。那样的琴声和歌声我从未听过，宁静又欢欣，一排排古旧的桌椅、沉暗的墙壁、高阔的屋顶也似都活泼起来，与窗外的晴空和树林连成一气。那一刻的感受我终生难忘，仿佛有一股温柔又强劲的风吹透了我的身体，一下子钻进我的心中。后来奶奶常对别人说："琴声一响，这孩子就傻了似的不哭也不闹了。"

我多么羡慕我的堂兄，羡慕所有那些孩子，羡慕那一刻的光线与声音，有形与无形。我呆呆地站着，徒然地睁大眼睛，其实不能听也不能看了，有个懵懂的东西第一次被惊动了——那也许就是灵魂吧。后来的事都记不大清了，好像那个大胡子的老头儿走过来摸了摸我的头，然后光线就暗下去，屋子里的孩子都没有了，再后来我和奶奶又走在那片树林里了，还有我的堂兄。堂兄把一个纸袋撕开，掏出一个彩蛋和几颗糖果，说是幼儿园给的圣诞礼物。

这时候，晚祷的钟声敲响了——唔，就是这声音，就是它！这就是我曾听到过的那种缥缥缈缈响在天空里的声音啊！

"它在哪儿呀，奶奶？"

"什么，你说什么？"

"这声音啊，奶奶，这声音我听见过。"

"钟声吗？啊，就在那钟楼的尖顶下面。"

这时我才知道，我一来到世上就听到的那种声音就是这教堂的钟声，就是从那尖顶下发出的。暮色浓重了，钟楼的尖顶上已经没有了阳光。风过树林，带走了麻雀和灰喜鹊的欢叫。钟声沉稳、悠扬、飘飘荡荡，连接起晚霞与初月，扩展到天的深处或地的尽头……

不知奶奶那天为什么要带我到那儿去，以及后来为什么再也没去过。

不知何时，天空中的钟声已经停止，并且在这块土地上长久地消逝了。

多年以后我才知道，那教堂和幼儿园在我们去过之后不久便都拆除。我想，奶奶当年带我到那儿去，必是想在那幼儿园也给我报个名，但未如愿。

再次听见那样的钟声是在四十年以后了。那年，我和妻子坐了八九个小时飞机，到了地球另一面，到了一座美丽的城市，一走进那座城市我就听见了它。在清洁的空气里，在透澈的阳光中和涌动的海浪上面，在安静的小街，在那座城市的所有地方，随时都听见它在自由地飘荡。我和妻子在那钟声中慢慢地走，认真地听它，我好像一下子回到了童年，整个世界都好像回到了童年。对于故乡，我忽然有了新的理解：人的故乡，并不止于一块特定的土地，而是一种辽阔无比的心情，不受空间和时间的限制；这心情一经唤起，就是你已经回到了故乡。

爱竹

——周作人

我对于植物的竹有一种偏爱，因此对于竹器有特别的爱好。首先是竹榻，夏天凉飕飕的顶好睡，尤其赤着膊，唯一的缺点是竹条的细缝会得挟住了背上的"寒毛"，比蚊子咬还要痛。有一种竹汗衫，说起来有点相像，用长短粗细一定竹枝，穿成短衫，衬在衣服内，有隔汗的功用，也是很好的，也就是有夹肉的毛病。

此外竹的用处，如笔，手杖，筷子，晾竿，种种编成的筐子，盒子，簟席，凳椅，说不尽的各式器具。竹的服装比较的少，除汗衫外，只有竹笠。我又从竹工专家的章福庆（"闰土"的父亲）那里看见过"竹屐"，这是他个人的发明，用半截毛竹钉在鞋底上，在下雨天穿了，同钉鞋一样走路。不见有第二个人穿过，但他的崭新的创意，这里总值得加以纪录的。

这时首先令人记忆起的，是宋人的一篇《黄冈竹楼记》。这是专讲用竹子构造的房子，我因小时候的影响，所以很感得一种向往，不敢想得到这么一所房子来住，对于多竹的地方总是觉得很可爱好的。用竹来建筑，竹劈开一半，用作"水溜"，大概是顶好的，此外多少有些缺点，这便是竹的特点，它爱裂开，有很好的竹子本可做柱，因此就有了问题了。细的竹竿晒晾衣服，又总有裂缝，除非是长久泡在水里的"水竹管"，这才不会得开裂。假如有了一间好好的竹房，却到处都是裂缝，也是十分扫兴的事，因此推想起来，这在事实上大抵是不可能的了。

不得已而思其次，是在有竹的背景里，找这么一个住房，便永远与竹为邻。竹的好处我曾经说过，因为它好看，而且有用。树木好看的，特别是我主观的选定的也并不少，有如杨柳、梧桐、棕榈等皆是，只是用处较差，柳与桐等木材与棕皮都是有用的东西，可是比起竹来，还相形见绌，它们不能吃，就是没有竹笋。爱竹的缘故说了一大篇，似乎是很"雅"，结果终于露出了马脚，归根结蒂是很俗的，为的爱吃笋。说起竹谁都喜爱，似乎这代表"南方"，黄河以南的人提到竹，差不多都感到一种"乡愁"，但这严格的说来，也是很俗的乡愁罢了。将来即使不能到处种竹，竹器和竹笋能利用交通工具，迅速运到，那末这种乡愁已就不难消灭了。

中秋的月亮

敦礼臣[1]著《燕京岁时记》云：

> 京师之曰八月节者，即中秋也。每届中秋，府
> 第朱门皆以月饼果品馈赠，至十五月圆时，陈瓜果
> 于庭以供月，并祀以毛豆、鸡冠花。是时也，皓魄
> 当空，彩云初散，传杯洗盏，儿女喧哗，真所谓佳
> 节也。惟供月时，男子多不叩拜，故京师谚曰，男
> 不拜月，女不祭灶。

---

[1] 富察敦崇，字礼臣，满族，曾任清陆军部郎中、广西思恩府知府等职。

此记作于四十年前，至今风俗似无甚变更，虽民生凋敝，百物较二年前超过五倍，但中秋吃月饼恐怕还不肯放弃，至于赏月则未必有此兴趣了罢。

本来举杯邀月这只是文人的雅兴，秋高气爽，月色分外光明，更觉得有意思，特别定这日为佳节，若在民间不见得有多大兴味，大抵就是算账要紧，月饼尚在其次。我回想乡间一般对于月亮的意见，觉得这与文人学者的颇不相同。普通称月曰月亮婆婆，中秋供素月饼水果及老南瓜，又凉水一碗，妇孺拜毕，以指蘸水涂目，祝曰眼目清凉。相信月中有娑婆树，中秋夜有一枝落下人间，此亦似即所谓月华，但不幸如落在人身上，必成奇疾，或头大如斗，必须斫开，乃能取出宝物也。

月亮在天文中本是一种怪物，忽圆忽缺，诸多变异，潮水受他的呼唤，古人又相信其与女人生活有关。更奇的是与精神病者也有微妙的关系，拉丁文便称此病曰月光病，仿佛与日射病可以对比似的。这说法现代医家当然是不承认了，但是我还有点相信，不是说其间隔发作的类似，实在觉得月亮有其可怕的一面，患怔忡的人见了会生影响，正是可能的事罢。

好多年前夜间从东城回家来，路上望见在昏黑的天上挂着一钩深黄的残月，看去很是凄惨，我想我们现代都市人尚且如此感觉，古时原始生活的人当更如何？住在岩窟之下，遇见这种情景，听着豺狼嗥叫，夜鸟飞鸣，大约没有什么好的心情，——不，即使并无这些禽兽骚扰，单是那月亮的威吓也就够了，他简直是一个妖怪，别的种种异物喜欢在月夜出现，这也只是风云之会，不过跑龙套罢了。

等到月亮渐渐的圆了起来，他的形相也渐和善了，望前后的三天光景几乎是一位富翁的脸，难怪能够得到许多人的喜悦，可是总是有一股冷气，无论如何还是去不掉的。只恐"琼楼玉宇，高处不胜寒"，东坡这句词很能写出明月的精神来，向来传说的忠爱之意究竟是否寄托在内，现在不关重要，可以姑且不谈。总之我于赏月无甚趣味，赏雪赏雨也是一样，因为对于自然还是畏过于爱，自己不敢相信已能克服了自然，所以有些文明人的享乐是于我颇少缘分的。中秋的意义，在我个人看来，吃月饼之重要殆过于看月亮，而还账又过于吃月饼，然则我诚犹未免为乡人也。

早老者的忏悔

——夏丏尊

朋友间谈话，近来最多谈及的是关于身体的事。不管是三十岁的朋友，四十岁的朋友，都说身体应付不过各自的工作，自己照起镜子来，看到年龄以上的老态，彼此感慨万分。

我今年五十，在朋友中原比较老大，可是自己觉得体力减退已好多年了。三十五六岁以后，我就感到身体一年不如一年，工作起不得劲，只是恹恹地勉强挨，几乎无时不觉得疲劳，什么都觉得厌倦。这情形一直到如今。十年以前，我还只四十岁，不知道我年龄的都说我是五十岁光景的人，近来居然有许多人叫我"老先生"。论年龄，五十岁的人应该还大有可为，古今中外，尽有活到了七十八十，元气很盛的。可是我却已经老了，而且早已老了。

因为身体不好，关心到一般体育上的事情，对于早年自己的学校生活，发见一个重大的罪过。现在的身体不好，可以说是当然的报应。这罪过是什么？就是看不起体操老师。

体操老师的被蔑视，似乎在现在也是普遍现象。这是有着历史关系的。我自己就是一个历史的人物。三十年前，中国初兴学校，学校制度不像现在的完整。我是弃了八股文进学校的，所进的学校先后有好几个，程度等于现在的中学。当时学生都是所谓"读书人"，童生秀才都有，年龄大的可三十岁，小的可十五六岁，我算是比较年青的一个。

那时学校教育虽号称"德育智育体育并重"，可是学生所注重的是"智育"，学校所注重的也是"智育"，"德育"和"体育"只居附属的地位。在全校的教师之中，最被重视的是英文教师，次之是算学教师，格致（理化博物之总名）教师，最被蔑视的是修身教师，体操教师。大家把修身教师认作迂腐的道学家，把体操教师认作卖艺打拳的江湖家。修身教师大概是国文教师兼的。体操教师的薪水在教师中最低，往往不及英文教师的半数。

那时学校新设，各科教师都并无一定的资格，不像现在有大学或专门科毕业生。国文教师，历史教师，由秀才举人中挑选；英文教师大概向上海聘请，圣约翰书院（现在改称大学，当时也叫梵王渡）出身的曾大出过风头；算学、格致教师也都是把教会学校的未毕业生拉来充数：论起资格来，实在薄弱得很。尤其是体操教师，他们不是三个月或半年的速成科出身，就是曾经在任何学校住过几年的三脚猫。

那时一面有学校，一面还有科举，大家把学校教育当作科举的准备。体操一科，对于科举是全然无关的。又不像现在学校的有竞技选手之类的名目，谁也不去加以注重。在体操时间，有的请假，有的立在操场上看教师玩把戏，自己敷衍了事。体操教师对于所教的功课似乎也并无何等的自信与理论，只是今日球类，明日棍棒，轮番着变换花样，想以趣味来维系人心，可是学生老不去睬他。

蔑视体操科，看不起体操教师，是那时的习惯。这习惯在我竟一直延长下去。我敢自己报告，我在以后近十年的学生生活中，不曾用心操过一次的体操，也不曾对于某一位体操教师抱过尊敬之念。换一句话说，我在学生时代不信"一二三四"等类的动作和习惯会有益于自己后来的健康。

我只觉得"一二三四"等类的动作干燥无味。

朋友之中，有每日早晨在床上作二十分钟操的，有每日临睡操八段锦的，据说持久做会有效果，劝我也试试。他们的身体确比我好得多，我也已经从种种体验上知道运动的要义不在趣味而在继续持久，养成习惯。可是因为一向对于上面这些厌憎，终于立不住自己的决心，起不成头，一任身体一日不如一日。

我们所过的是都市的工商生活，房子是鸽笼，业务头绪纷烦，走路得刻刻留心，应酬上饮食容易过度，感官日夜不绝地受到刺激，睡眠是长年不足的，事业上的忧虑，生活上的烦闷，是没有一刻忘怀的。这样的生活当然会使人早老早死。除了捏锄头的农夫以外，却无法不营这样的生活，这是事实。积极的自救法，唯有补充体力，及早预备好了身体来。

"如果我在学生时代不那样蔑视体操科，对于体操教师不那样看他们不起，多少听受他们的教诲，也许……"我每当顾念自己的身体现状时，常这样暗暗叹息。

遇见精神的出生地

——李叔同

　　我一生中的大部分岁月都是在南方度过的，这其中，杭州是我人生道路发生重大转变的地方。作为一名高校的艺术教师，我在浙一师的六年执教生涯中业绩斐然；作为一个诸艺略通的人，那段时期也该算我艺术创作的一个鼎盛期吧。然而更重要的是，在杭州，我找到了自己精神上的归宿，最终步入了佛门。

　　1912年3月，我接受浙江两级师范学堂（次年更名为浙江第一师范学校）教务长经亨颐的邀请，来该校任教。我之所以决定辞去此前在上海《太平洋报》极为出色的主编工作，除了经亨颐的热情邀请之外，西湖的美景也是一个重要的原因。经亨颐就曾说我"本性淡泊，辞去他处厚聘，乐居于杭，一半勾留是西湖"。

我那时已人到中年，而且渐渐厌倦了浮华声色，内心渴望一份安宁和平静，生活方式也渐渐变得内敛起来。我早在《太平洋报》任职期间，平日里便喜欢离群索居，几乎是足不出户。而在这之前，无论是在我的出生和成长之地天津，还是在我"二十文章惊海内"的上海，抑或是在我渡洋留学以专攻艺术的日本东京，我一直都生活在风华旋裹的氛围之中，随着这种心境的转变，到杭州来工作和生活，便成了一个再合适不过的选择。

1918年8月19日，农历七月十三，相传是大势至菩萨的圣诞，我便于这一天在虎跑寺正式剃发出家了，法名演音，号弘一。

到了9月下旬，我移锡灵隐受戒。正是在受戒期间，我辗转披读了马一浮送我的两本佛门律学典籍，分别是明清之际的二位高僧蕅益智旭[1]与见月宝华[2]所著的《灵峰毗尼事

---

[1] 蕅益（1599—1655），本姓钟，名智旭，明僧人，佛教学者。

[2] 释读体，俗姓许，字绍如，又字见月，明末清初律学僧人。随师入南京宝华山，师卒后继任法席三十余年，弘传戒律，重兴律宗。

义集要》和《宝华传戒正范》，不禁悲欣交集，发愿要让其时弛废已久的佛门律学重光于世。可以说，我后来的一切事务就是从事对佛教律学的研究，如果说因此取得了一点成绩，也正是由此开始起步的。

对于我的出家，历来众说纷纭，莫衷一是。其实，我为此写过一篇《我在西湖出家的经过》，对于自己出家的缘由与经过作了详细的介绍，无论如何，在我看来，佛教为世人提供了一条医治生命无常这一人生根本苦痛的道路，这使我觉得，没有比依佛法修行更为积极和更有意义的人生之路。当人们试图寻找各种各样的原因来解释我走向佛教的原因之时，不要忘记，最重要的原因其实正是来自佛教本身。就我皈依佛教而言，杭州可以说是我精神上的出生地。

艺海畅游的乐趣

——李叔同

有人说我在出家前是书法家、画家、音乐家、诗人、戏剧家等，出家后这些造诣更深。其实不是这样的，所有这一切都是我的人生兴趣而已。我认为一个人在他有生之年应多学一些东西，不见得样样精通，如果能做到博学多闻就很好了，也不枉屈自己这一生一世。而我在出家后，拜印光大师为师，所有的精力都致力于佛法的探究上，全身心去了解禅的含义，在这些兴趣上反倒不如以前痴迷了，也就荒疏了不少。然而，每当回忆起那段艺海生涯，总是有说不尽的乐趣！

记得在我18岁那年，我与茶商之女俞氏结为夫妻。当时哥哥给了我 30 万元作贺礼，于是我就买了一架钢琴，开始学习音乐方面的知识，并尝试着作曲。后来我与母亲和妻子搬到了上海法租界，由于上海有我家的产业，我可以以少东家的身份支取相当高的生活费用，也因此得以与上海的名流们交往。

当时，上海城南有一个组织叫"城南文社"，每月都有文学比试，我投了三次稿，有幸的是每次都获得第一名。从而与文社的主事许涣元先生成为朋友，他为我们全家在南城草堂打扫了房屋，并让我们移居了过去，在那里我和他及另外三位文友结为金兰之好，还号称是"天涯五友"。后来我们共同成立了"上海书画公会"，每个星期都出版书画报纸，与那些志同道合的同仁们一起探讨研究书画及诗词歌赋。但是这个公社成立不久就解散了。

由于公社解散，而我的长子在出生后不久就夭折了，不久后我的母亲又过世了，多重不幸给我带来了不小的打击。于是我将母亲的遗体运回天津安葬，并把妻子和孩子一起带回天津，我独自一人前往日本求学。在日本我就读于日本当时美术界的最高学府——上野美术学校，而我当时的老师亦是日本最有名的画家之一——黑田清辉。当时我除了学习绘画外，还努力学习音乐和作曲。那时我确实是沉浸在艺术的海洋中，那是一种真正的快乐享受。

我从日本回来后，政府的腐败统治导致国衰民困，金融市场更是惨淡，很多钱庄、票号都相继倒闭，我家的大部分财产也因此化为乌有了。我的生活也就不再像以前那样无忧无虑了，为此我到上海城东女校当老师去了，并且同时任《太平洋报》文艺版的主编。但是没多久报社被查封，我也为此丢掉了工作。大概几个月后我应聘到浙江师范学校担任绘画和音乐教员，那段时间是我在艺术领域里驰骋最潇洒自如的日子，也是我一生最忙碌、最充实的日子。

如果说人类的情欲像一座煤矿，在不同的时期有不同的方式，将自己的欲望转变为巨大的能量。而这种转变会因人而异，有大有小、有快有慢、有迟有早。我可能就属于后者，来得比较缓慢了。

文牛

—— 老舍

　　干哪一行的总抱怨哪一行不好。在这个年月能在银行里，大小有个事儿，总该满意了，可是我的在银行作事的朋友们，当和我闲谈起来，没有一个不觉得怪委屈的。真的，我几乎没有见过一个满意、夸赞他的职业的。我想，世界上也许有几位满意于他们的职业的人，而这几位人必定是英雄好汉。拿破仑、牛顿、爱因司坦[1]、罗斯福，大概都不抱怨他们的行业"没意思"。虽然不自居拿破仑与牛顿，我自己可是一向满意我的职业。我的职业多么自由啊！我用不着天

———————————

[1] 即爱因斯坦。

天按时候上课或上公事房，我不必等七天才到星期日；只要我愿意，我可连着有一个星期的星期日！

我的资本很小，纸笔墨砚而已。我的生活可以按照自己的意思安排，白天睡，夜里醒着也好，昼夜都不睡也可以；一日三餐也好，八餐也好！反正我是在我自己的屋里操作，别人也不能敲门进来，禁止我把脚放在桌子上。专凭这一点自由，我就不能不满意我的职业。况且，写得好吧歹吧，大致都能卖出去，喝粥不成问题，倒也逍遥自在；虽然因此而把妒忌我的先生们鼻子气歪，我也没法子代他们去搬正！

可是，在近几个月来，也不知怎么我也失去了自信，而时时不满意我的职业了。这是吉是凶，且不去管，我只觉得"不大是味儿"！心里很不好过！

我的职业是"写"。只要能写，就万事亨通，可是，近来我写不上来了！问题严重得很，我不晓得生了娃娃而没有奶的母亲怎样痛苦，我可是晓得我比她还更痛苦。没有奶，她可以雇乳娘，或买代乳粉，我没有这些便利。写不出就是写不出，找不到代替品与代替的人。

天天能写一点，确实能觉得很自由自在，赶到了一点也写不出的时节呀，哈哈，你便变成世界上最痛苦的人！你的自由，闲在，正是对你的刑罚；你一分钟一分钟无结果的度过，也就每一分钟都如坐针毡！你不但失去工作与报酬，你简直失去了你自己！

一夏天除了阴雨，我的卧室兼客厅兼饭厅兼浴室兼书房的书房，热得老像一只大火炉。夜间一点钟以后，我才能勉强的进去睡。睡不到四个小时，我就必须起来，好乘早凉儿工作一会儿；一过午，屋内即又成烤炉。一夏天，我没有睡足。睡不足，写的也就不多，一拿笔就觉得困啊！我很着急，但是想不出办法，缙云山上必定凉快，谁去得起呢！

入秋，我本想要"好好"的工作一番，可是天又霉，纸烟的价钱好像疯了似的往上涨。只好戒烟。我曾经声明过："先上吊，后戒烟！"以示至死不戒烟的决心。现在，自己打了嘴巴。最坏的烟卖到一百元一包（二十枝：我一天须吸三十枝），我没法不先戒烟，以延缓上吊之期了；人都惜命呀！没有烟，我只会流汗，一个字也写不出！戒烟就是自己跟自己摔跤，我怎能写字呢？半个月，没写出一个字！

烟瘾稍杀，又打摆子，本来贫血，摆子使血更贫。于是，头又昏起来。不留神，猛一抬头，或猛一低头，眼前就黑那么一下，老使人有"又要停电"之感，每天早上，总盼着头不大昏，幸而真的比较清爽，我就赶快的高高兴兴去研墨，期望今天一下子能写出两三千字来。

墨研好了，笔也拿在手中，也不知怎么的，头中轰的一下，生命成了空白，什么也没有了，除了一点轻微的嗡嗡的响声。这一阵好容易过去了，脑中开始抽着疼，心中烦躁得要狂喊几声！只好把笔放下——文人缴械！一天如此，两天如此，忍心的、耐性的、敷衍自己："明天会好些的！"第三天还是如此，我开始觉得："我完了！"放下笔，我不会干别的！

是的，我晓得我应当休息，并且应当吃点补血的东西——豆腐、猪肝、猪脑、菠菜、红萝卜等。但是，这年月谁休息得起呢？紧写慢写还写不出香烟钱怎敢休息呢？至于补品，猪肝岂是好惹的东西，而豆腐又一见双眉紧皱，就是菠菜也不便宜啊！如此说来，理应赶快服点药，使身体从速好起来。可是西药贵如金，而中药又无特效。怎办呢？到了这般地步，我不能不后悔当初为什么单单选择这一门职业了！唱须生的倒了嗓子，唱花旦的损了面容，大概都会明白我的苦痛：这苦痛是来自希望与失望的相触，天天希望，天天失望，而生命就那么一天天的白白的摆过去，摆向绝望与

213

毁灭！

最痛苦是接到朋友征稿的函信的时节。

朋友不仅拿你当作个友人，而且是认为你是会写点什么的人。可是，你须向友人们道歉；你还是你，你也已经不是你——你已不能够作了！

吃的是草，挤出的是牛奶；可是，文人的身体并不和牛一样壮，怎办呢？

青年朋友们，假使你没有变成一头牛的把握，请不要干我这一行事吧；当你写不出字来的时候，你比谁的苦痛都更大！我是永不怨天尤人的人，今天我只后悔自己选错了职业——完全是我自己的事，与别人毫不相干。我后悔作了写家的正如我后悔"没"作生意，或税吏一样；假若我起初就作着囤积居奇，与暗中拿钱的事，我现在岂不正兴高采烈的自庆前程远大么？啊，青年朋友们，尽使你健壮如牛，也还要细想一想再决定吧，即在此处，牛恐怕是永远没有希望的动物，管你，和我一样的，不怨天尤人。

看花

—— 朱自清

　　生长在大江北岸一个城市里，那儿的园林本是著名的，但近来却很少；似乎自幼就不曾听见过"我们今天看花去"一类话，可见花事是不盛的。有些爱花的人，大都只是将花栽在盆里，一盆盆搁在架上；架子横放在院子里。院子照例是小小的，只够放下一个架子；架上至多搁二十多盆花罢了。有时院子里依墙筑起一座"花台"，台上种一株开花的树；也有在院子里地上种的。但这只是普通的点缀，不算是爱花。

　　家里人似乎都不甚爱花；父亲只在领我们上街时，偶然和我们到"花房"里去过一两回。但我们住过一所房子，有一座小花园，是房东家的。那里有树，有花架（大约是紫藤花架之类），但我当时还小，不知道那些花木的名字；只记得爬在墙上的是蔷薇而已。园中还有一座太湖石堆成的洞门；现在想来，似乎也还好的。在那时由一个顽皮的少年仆人领了我去，却只知道跑来跑去捉蝴蝶；有时掐下几朵花，也只是随意按弄着，随意丢弃了。

至于领略花的趣味，那是以后的事：夏天的早晨，我们那地方有乡下的姑娘在各处街巷，沿门叫着，"卖栀子花来。"栀子花不是什么高品，但我喜欢那白而晕黄的颜色和那肥肥的个儿，正和那些卖花的姑娘有着相似的韵味。栀子花的香，浓而不烈，清而不淡，也是我乐意的。我这样便爱起花来了。也许有人会问，"你爱的不是花吧？"这个我自己其实也已不大弄得清楚，只好存而不论了。

在高小的一个春天，有人提议到城外F寺里吃桃子去，而且预备白吃；不让吃就闹一场，甚至打一架也不在乎。那时虽远在五四运动以前，但我们那里的中学生却常有打进戏园看白戏的事。中学生能白看戏，小学生为什么不能白吃桃子呢？我们都这样想，便由那提议人纠合了十几个同学，浩浩荡荡地向城外而去。

到了F寺，气势不凡地呵叱着道人们（我们称寺里的工人为道人），立刻领我们向桃园里去。道人们蹰躇着说："现在桃树刚才开花呢。"但是谁信道人们的话？我们终于到了桃园里。大家都丧了气，原来花是真开着呢！这时提议人P君便去折花。道人们是一直步步跟着的，立刻上前劝阻，而且用起手来。但P君是我们中最不好惹的；"说时迟，那时快"，一眨眼，花在他的手里，道人已跟跄在一旁了。那一园子的桃花，想来总该有些可看；我们却谁也没有想着去看。只嚷着，"没有桃子，得沏茶喝！"道人们满肚子委屈地引我们到"方丈"里，大家各喝一大杯茶。这才平了气，谈谈笑笑地进城去。大概我那时还只懂得爱一朵朵的栀子花，对于开在树上的桃花，是并不了然的；所以眼前的机会，便从眼前错过了。

以后渐渐念了些看花的诗，觉得看花颇有些意思。但到北平读了几年书，却只到过崇效寺一次；而去得又嫌早些，那有名的一株绿牡丹还未开呢。

北平看花的事很盛，看花的地方也很多；但那时热闹的似乎也只有一班诗人名士，其余还是不相干的。那正是新文学运动的起头，我们这些少年，对于旧诗和那一班诗人名士，实在有些不敬；而看花的地方又都远不可言，我是一个懒人，便干脆地断了那条心了。后来到杭州做事，遇见了Y君，他是新诗人兼旧诗人，看花的兴致很好。我和他常到孤山去看梅花。孤山的梅花是古今有名的，但太少；又没有临水的，人也太多。有一回坐在放鹤亭上喝茶，来了一个方面有须，穿着花缎马褂的人，用湖南口音和人打招呼道，"梅花盛开嗒！" "盛"字说得特别重，使我吃了一惊；但我吃惊的也只是说在他嘴里"盛"这个声音罢了，花的盛不盛，在我倒并没有什么的。

有一回，Y来说，灵峰寺有三百株梅花；寺在山里，去的人也少。我和Y，还有N君，从西湖边雇船到岳坟，从岳坟入山。曲曲折折走了好一会，又上了许多石级，才到山上寺里。寺甚小，梅花便在大殿西边园中。园也不大，东墙下有三间净室，最宜喝茶看花；北边有座小山，山上有亭，大约叫"望海亭"吧，望海是未必，但钱塘江与西湖是看得见的。梅树确是不少，密密地低低地整列着。

那时已是黄昏，寺里只我们三个游人；梅花并没有开，但那珍珠似的繁星似的骨都儿，已经够可爱了；我们都觉得比孤山上盛开时有味。大殿上正做晚课，送来梵呗的声音，和着梅林中的暗香，真叫我们舍不得回去。在园里徘徊了一会，又在屋里坐了一会，天是黑定了，又没有月色，我们向庙里要了一个旧灯笼，照着下山。路上几乎迷了道，又两次三番地狗咬；我们的Y诗人确有些窘了，但终于到了岳坟。船夫远远迎上来道："你们来了，我想你们不会冤我呢！"在船上，我们还不离口地说着灵峰的梅花，直到湖边电灯光照到我们的眼。

Y回北平去了，我也到了白马湖。那边是乡下，只有沿湖与杨柳相间着种了一行小桃树，春天花发时，在风里娇媚地笑着。还有山里的杜鹃花也不少。这些日日在我们眼前，从没有人像煞有介事地提议，"我们看花去。"但有一位S君，却特别爱养花；他家里几乎是终年不离花的。我们上他家去，总看他在那里不是拿着剪刀修理枝叶，便是提着壶浇水。我们常乐意看着。他院子里一株紫薇花很好，我们在花旁喝酒，不知多少次。

白马湖住了不过一年，我却传染了他那爱花的嗜好。但重到北平时，住在花事很盛的清华园里，接连过了三个春，却从未想到去看一回。只在第二年秋天，曾经和孙三先生在园里看过几次菊花。"清华园之菊"是著名的，孙三先生还特地写了一篇文，画了好些画。但那种一盆一干一花的养法，花是好了，总觉没有天然的风趣。直到去年春天，有了些余闲，在花开前，先向人问了些花的名字。一个好朋友是从知道姓名起的，我想看花也正是如此。恰好Y君也常来园中，我们一天三四趟地到那些花下去徘徊。

今年Y君忙些，我便一个人去。我爱繁花老干的杏，临风娴娜的小红桃，贴梗累累如珠的紫荆；但最恋恋的是西府海棠。海棠的花繁得好，也淡得好；艳极了，却没有一丝荡意。疏疏的高干子，英气隐隐逼人。可惜没有趁着月色看过；王鹏运有两句词道："只愁淡月朦胧影，难验微波上下潮。"我想月下的海棠花，大约便是这种光景吧。

为了海棠，前两天在城里特地冒了大风到中山公园去，看花的人倒也不少；但不知怎的，却忘了畿辅先哲祠。Y告我那里的一株，遮住了大半个院子；别处的都向上长，这一株却是横里伸张的。花的繁没有法说；海棠本无香，昔人常以为恨，这里花太繁了，却酝酿出一种淡淡的香气，使人久闻不倦。Y告我，正是刮了一日还不息的狂风的晚上；他是前一天去的。他说他去时地上已有落花了，这一日一夜的风，准完了。他说北平看花，是要赶着看的：春光太短了，又晴的日子多；今年算是有阴的日子了，但狂风还是逃不了的。我说北平看花，比别处有意思，也正在此。这时候，我似乎不甚菲薄那一班诗人名士了。

又是一年春草绿

—— 梁遇春

一年四季，我最怕的却是春天。夏的沉闷，秋的枯燥，冬的寂寞，我都能够忍受，有时还感到片刻的欣欢。灼热的阳光，憔悴的霜林，浓密的乌云，这些东西跟满目创痍的人世是这么相称，真可算做这出永远演不完的悲剧的绝好背景。

当个演员，同时又当个观客的我虽然心酸，看到这么美妙的艺术，有时也免不了陶然色喜，传出灵魂上的笑涡了。坐在炉边，听到呼呼的北风，一页一页翻阅一些畸零人的书信或日记，我的心境大概有点像人们所谓春的情调罢。可是一看到阶前草绿，窗外花红，我就感到宇宙的不调和，好像在弥留病人的榻旁听到少女的轻脆的笑声，不，简直好像参加婚礼时候听到凄楚的丧钟。这到底是恶魔的调侃呢，还是垂泪的慈母拿几件新奇的玩物来哄临终的孩子呢？

每当大地春回的时候，我常想起《哈姆雷特》里面那位姑娘戴着鲜花圈子，唱着歌儿，沉到水里去了。这真是莫大的悲剧呀，比《哈姆雷特》的命运还来得可伤，叫人们啼笑皆非，只好朦眬地徜徉于迷途之上，在谜的空气里度过鲜血染着鲜花的一生了。坟墓旁年年开遍了春花，宇宙永远是这样二元，两者错综起来，就构成了这个杂乱下劣的人世了。

其实不单自然界是这样子安排颠倒遇颠连，人事也无非如此白莲与污泥相接。在卑鄙坏恶的人群里偏有些雪白晶清的灵魂，可是旷世的伟人又是三寸名心未死，落个白玉之玷了。天下有了伪君子，我们虽然亲眼看见美德，也不敢贸然去相信了；可是极无聊，极不堪的下流种子有时却磊落大方，一鸣惊人，情愿把自己牺牲了。席勒说，"只有错误才是活的，真理只好算做个死东西罢了。"可见连抽象的境界里都不会有个称心如意的事情了。"可哀惟有人间世"，大概就是为着这个原因罢。

我是个常带笑脸的人，虽然心绪凄其的时候居多。可是我的笑并不是百无聊赖时的苦笑，假使人生单使我们觉得无可奈何，"独闭空斋画大圈"，那么这个世界也不值得一笑了。我的笑也不是世故老人的冷笑，忙忙扰扰的哀乐虽然尝过了不少，鬼鬼祟祟的把戏虽然也窥破了一二，我却总不拿这类下流的伎俩放在眼里，以为不值得尊称为世故的对象，所以不管我多么焦头烂额，立在这片瓦砾场中，我向来不屑对于这些加之以冷笑。

我的笑也不是哀莫大于心死以后的狞笑，我现在最感到苦痛的就是我的心太活跃了，不知怎的，无论到那儿去，总有些触目伤心，凄然泪下的意思，大有失恋与伤逝冶于一炉的光景，怎么还会狞笑呢。我的辛酸心境并不是年青人常有的那种略带诗意的感伤情调，那是生命之杯盛满后溅出来的泡花，那是无上的快乐呀，释迦牟尼佛所以会那么陶然，也就是为着他具了那个清风朗月的慈悲境界罢。走入人生迷园而不能自拔的我怎么会有这种的闲情逸致呢！

我的辛酸心境也不是像丁尼生所说的"天下最沉痛的事情莫过于回忆起欣欢的日子"。这位诗人自己却又说道："曾经亲爱过，后来永诀了，总比绝没有亲爱过好多了。"我是没有过这么一度的鸟语花香，我的生涯好比没有绿洲的空旷沙漠，好比没有棕榈的热带国土，简直是挂着蛛网，未曾听过管弦声的一所空屋。我的辛酸心境更不是像近代仕女们脸上故意贴上的"黑点"，朋友们看到我微笑着道出许多伤心话，总是不能见谅，以为这些娓娓酸语无非拿来点缀风光，更增生活的妩媚罢了。

"知己从来不易知"，其实我们也用不着这样苛求，谁敢说真知道了自己呢，否则希腊人也不必在神庙里刻上"知道你自己"那句话了。可是我就没有走过芳花缤纷的蔷薇的路，我只看见枯树同落叶；狂欢的宴席上排了一个白森森的人头固然可以叫古代的波斯人感到人生的悠忽而更见沉醉，骷髅搂着如花的少女跳舞固然可以使荒山上月光里的撒旦摇着头上的两角哈哈大笑，但是八百里的荆棘岭总不能算做愉快的旅程罢；梅花落后，雪月空明，当然是个好境界，可是牛山濯濯的峭壁上一年到底只有一阵一阵的狂风瞎吹着，那就会叫人思之欲泣了。这些话虽然言之过甚，缩小来看，也可以映出我这个无可为欢处的心境了。

在这个无时无地都有哭声回响着的世界里年年偏有这么一个春天；在这个满天澄蓝，泼地草绿的季节毒蛇却也换了一套春装睡眼蒙眬地来跟人们作伴了，禁闭于层冰底下的秽气也随着春水的绿波传到情侣的身旁了。这些矛盾恐怕就是数千年来贤哲所追求的宇宙本质罢！蕞尔的我大概也分了一份上帝这笔礼物罢。笑涡里贮着泪珠儿的我活在这个乌云里夹着闪电，早上彩霞暮雨凄凄的宇宙里，天人合一，也可以说是无憾了，何必再去寻找那个无根的解释呢。"满眼春风百事非"，这般就是这般。